Michael Köhlmeier
Trilogie der sexuellen Abhängigkeit

SERIE PIPER

Zu diesem Buch

»Die Liebe ist nur mit dem Tod vergleichbar. Alles dazwischen wartet entweder auf das eine oder das andere.« Unter diesem lakonischen Motto verbindet Michael Köhlmeier in der »Trilogie der sexuellen Abhängigkeit« ganz alltägliche Geschichten mit den drei klassischen Stationen auf dem Weg zwischen Liebe und Tod: die Bewährungsprobe der Begierde, der Verlust der Liebe, verbunden mit der Raserei der Eifersucht, schließlich die Lust an der Rache, die mit dem Tod auf die Liebe antworten will. Dabei ist dies alles sehr komisch. Verliebte sind zum Totlachen, meint Michael Köhlmeier und spürt mit feiner Ironie den Rinnsalen der verliebten Empfindsamkeit nach. In Köhlmeiers Trilogie über die Lächerlichkeit und den Schmerz, über die trotzige Sehnsucht und den todesverzweifelten Irrsinn ist kein Ton zuviel – und sind die Dissonanzen versöhnlich.

Michael Köhlmeier, geboren 1949 in Hard am Bodensee, wuchs in Hohenems/Vorarlberg auf, wo er auch heute lebt. Er schrieb zahlreiche Drehbücher, Hörspiele, Theaterstücke und Romane. Für seinen Roman »Spielplatz der Helden« erhielt er 1988 den Johann-Peter-Hebel-Preis des Landes Baden-Württemberg und für sein Gesamtwerk 1994 den Manès-Sperber-Preis. 1997 wurde er mit dem Anton-Wildgans-Preis und dem Grimmelshausen-Preis ausgezeichnet.

Michael Köhlmeier
Trilogie der sexuellen Abhängigkeit

Piper München Zürich

Eine Hörspielfassung des Monologs »Trilogie der völligen Hilflosigkeit« wurde vom ORF, Studio Vorarlberg, mit Désirée Nosbusch produziert und vom Publikum 1994 zum »Hörspiel des Jahres« gewählt. Von den beiden Dialogen »Theorie des Aufrisses« und »Theorie des Heimzahlens« gibt es ebenfalls Hörspiele sowie eine Bühnenfassung (Aufführungsrechte beim Thomas-Sessler-Verlag, Wien).

Von Michael Köhlmeier liegen in der Serie Piper außerdem vor:
Der Peverl Toni (381)
Die Figur (1042)
Spielplatz der Helden (1298)
Die Musterschüler (1684)
Moderne Zeiten (1942)
Sagen des klassischen Altertums (2371)
Neue Sagen des klassischen Altertums von Eos bis Aeneas (2372)
Telemach (2466)
Dein Zimmer für mich allein (2601)
Neue Sagen des klassischen Altertums von Amor und Psyche bis Poseidon (2609)
Der Unfisch (2765)

Ungekürzte Taschenbuchausgabe
Piper Verlag GmbH, München
1. Auflage November 1997
2. Auflage Mai 1999

Umschlag: Büro Hamburg
Umschlagabbildung: Birgitta Heiskel
Foto Umschlagrückseite: Franz Hubmann
Satz: Wiener Verlag, Himberg
Druck und Bindung: Clausen & Bosse, Leck
Printed in Germany ISBN 3-492-22547-0

Introduktion

Es war an einem Abend im Frühling. In einem Café, das viel zu hell war, saßen vier Männer und eine Frau. Die gehörten nicht zusammen, jedenfalls nicht alle fünf. Um genau zu sein: Je zwei Männer gehörten zusammen. Die unterhielten sich. Die Frau aber saß mitten im Raum und war allein, und sie aß Kuchen. Die Männer hatten sich in Nischen gedrückt. Die einen beiden in die Nische beim Fenster, die anderen beiden ins Eck bei der Garderobe. Sie tranken Schnäpse und Kaffee.

Sonst war niemand in dem Café, eigentlich niemand, nein. Abgesehen von mir. Die Bedienung hinter dem Buffet lächelte gerecht, wenn sie lächelte.

Da schauten auf einmal die einen Männer zu den anderen hinüber, und es war ihnen, als schauten sie in den Spiegel. Und dann schauten die anderen Männer zu den einen herüber, und es war ihnen genauso.

Und der kleinere in der Nische beim Fenster sagte zu seinem Freund: „Die sehen aus wie wir." Und der sagte: „Ja. Das ist wie ein Witz. Aber er hat eine andere Jacke an."

„Wer?"

„Der Größere."

„Stimmt. Er hat dieselbe Jacke an wie ich, Kurt."

„Und der Kleinere hat dieselbe Jacke an wie ich."

So redeten die einen, die in der Nische beim Fenster saßen. Und die anderen beiden Männer im Eck bei der Garderobe redeten ähnlich. Der große sagte: „Das ist ein Witz." Und der kleine gab ihm recht.

Die vier Männer lachten, und sicher wären die einen beim Fenster oder die anderen bei der Garderobe bald aufgestanden und hinüber gegangen zu dem anderen Tisch; aber da sahen sie, daß es der Frau zwischen ihnen nicht gut ging. Sie wurde nämlich so weiß wie ihr Kuchen. Sie verschränkte die Arme auf dem Tisch und ließ den Kopf darauf fallen. Darum wendeten die Männer ihre Blicke voneinander ab. Denn die Frau saß genau im Weg dieser Blicke.

Ich glaube, die beim Fenster gingen als erste. Dann ging die Frau, und am Schluß die beiden Männer im Eck bei der Garderobe. Oder ging die Frau zuerst? Nein, ich glaube sogar, sie ging als letzte. Vielleicht ging sie gleichzeitig mit mir. Ich weiß es nicht. Es ist nicht so wichtig. Mich haben sie nicht bemerkt, weder die Frau, noch einer der Männer. Ich habe mich auch bald auf den Weg gemacht. Wohin? Ich weiß es nicht. In Wellen war es draußen warm. Was nachher war, ist nicht so wichtig. Aber was war vorher...

Theorie des Aufrisses

Ja, es war an einem Abend im Frühling. In der Straßenbahn saßen zwei Männer, um die dreißig beide. Der eine hieß Kurt, der andere Willi. Kurt war groß und trug eine grob und durchaus bunt karierte Jacke, klassisch im Schnitt. Er war ernst und gefaßt, und sein Haar war kraus und ohne sichtbaren Schnitt einfach da, im Grunde nicht zu frisieren und männlich.

Willi war schmalschultrig und schien kleiner, als er war, und war doch schon so klein genug. Er trug eine Brille. Seine Augen blitzten streitlustig. Er war im Leben viel zu sehr mit sich selbst beschäftigt, als daß er vor irgend etwas Angst gehabt hätte. Er redete, und auch wenn er nicht redete, war sein Mund in dauernder Bewegung.

„Irene... Irene... Irene... Irene... Irene...", sagte er.

Kurt sagte, er solle nicht so laut sein. Willi sagte, er müsse so laut sein, weil er sich sonst diesen Namen nicht merke und er ihm, Kurt, eine Blamage ersparen wolle, und eine Blamage sei es ja in erster Linie für ihn, Kurt, wenn er, Willi, ihr,

Irene, lechzend wie ein Rennhund gegenüberstehe und ihren Namen nicht wisse. Er sei sich selbstverständlich völlig bewußt, daß dies an Schwachsinn grenze, wenn sich einer einen so einfachen Namen nicht merke, aber in solchen Situationen verwandle er sich eben in einen Schwachsinnigen und er bitte Kurt, das zu akzeptieren und ihn als Angehörigen einer Minderheit zu behandeln und ihm den überall in der zivilisierten Welt geforderten Respekt angedeihen zu lassen.

Kurt sagte: „Deine Sandalen sind übrigens kaputt."

„Was!" rief Willi. „Wo sind sie denn kaputt? Oh Gott, jetzt sind auch noch die Sandalen kaputt! Ich seh's nicht."

„Bitte, fang nicht an, in der Straßenbahn deine Füße zu untersuchen", sagte Kurt. Denn das tat Willi.

Es fiel auf, daß Kurt seinem Freund Willi nicht in die Augen sehen konnte. Kurt war nämlich unsicher geworden. Man merkte das daran, daß er leicht ins Stammeln geriet. Tatsächlich war er mit einem leichten Sprachfehler geschlagen, der allerdings nur dem auffiel, der ihn länger kannte. Er mußte eine Pause lassen, wie wenn er einen Schluckauf abwarten wollte. Dann erst konnte er fortfahren: „Du wirst mich jetzt sicher fragen, wie du all das, was ich dir seit vorgestern über Irene mitgeteilt habe, wie du all das gleich zur Anwendung bringen sollst. Deine Aufregung... ich verstehe das, du hast mich auch schon angesteckt. Aber denke immer daran: Das Schlimmste... Willi, laß doch die dumme Sandale, du verrenkst dir das Kreuz und schielst dabei, das Schlimmste, was passieren kann, ist, daß sie freundlich nein sagt... Du hast mir wieder nicht zugehört, Willi!"

„Das kann einen fertigmachen, Kurt, weißt du. Hast du einen Taschenspiegel bei dir? Dann könnte ich sehen, wie die Sandale von hinten aussieht... oder zwei Taschenspiegel eigentlich: einen müßte ich mir selber über die Schulter halten, den anderen müßtest du unten bei meinen Füßen... so in fünfundvierzig Grad Neigung, so haben wir früher in den öffentlichen Toiletten die Beamten beim Onanieren beobachtet. Wirke ich irgendwie nervös, Kurt?"

„Ich will keinen Gag anbringen und sage: Ja."

„Ich weiß ja, daß es an den Socken liegt."

„Was liegt um Gotteswillen an den Socken?"

„Ohne Socken schneidet das Band in die Haut ein, und deshalb schlupfe ich hinten aus den Sandalen heraus, und dann klingt es so... wenn man bei Sandalen überhaupt von Klingen reden kann."

„Socken in Sandalen! Und dann wunderst du dich, daß du während der warmen Jahreszeit unter Depressionen leidest. Versprich mir, daß du vor Irene unter gar keinen Umständen über deine Sandalen...“

„Bei der Hitze blähen sich meine Füße immer so aufdringlich. Du kennst meine Füße nicht! Das sind Terroristen! Sie hassen mich. Und wenn ich statt Sandalen Halbschuhe trage...“

„Bitte, Willi! Nicht über Füße reden, ja?“

„Wieso?“

„Bitte!“

„Du hast selbst gesagt, Gespräche über Füße seien erotisch. Das hast du gesagt, Kurt.“

„Ja, aber nicht über die eigenen Füße.“

„Irene... Irene... Irene... Sie heißt doch Irene, oder? Soll ich mir einen Schwindelzettel in den Ärmel schieben? Ich habe kürzlich einen Roman lektoriert, der hatte den Titel Isolde. Handelte aber von etwas ganz anderem... Wenn ich Halbschuhe anziehe, blähen sich meine Füße auf, und ich muß dann die ganze Zeit an sie denken, das ist doch schlimmer, als wenn ich einmal kurz und elegant dieses Thema anschneide. Man kann da, wenn man kann, ein kulturgeschichtliches Witzchen einfließen lassen, damit die Dame auch gleich weiß, mit was für einem Kaliber sie es zu tun hat.“

„Das wird Irene brennend interessieren.“

„Die Kulturgeschichte?“

„Deine Füße.“

„Vielleicht hat sie ja dasselbe Problem. Frauen leiden ja nicht nur an Verstopfung..."

Und nun wurde Kurt laut: „O Gott", rief er, „laß die warme Jahreszeit endlich vorübergehen! Mach den Sommer klein! Laß es regnen, so daß die Idioten in ihren Wohnungen bleiben!"

„Unterschätze die Idioten nicht, Kurt!"

„Deine Füße sind nicht elegant, Willi! Keines Mannes Füße sind elegant. Also, hör jetzt bitte einmal zu!"

„Warum soll ich..."

„Bitte! Bitte, Willi! Ich will dir ja um Himmelswillen keine Ratschläge erteilen, aber ich glaube, ein paar Punkte solltest du doch beherzigen. Hörst du zu?"

„Und wie! Beim Wetterbericht zum Beispiel, da hör ich zu wie sonst keiner. Das haben sie nämlich gestern schon gesagt in den Nachrichten – nicht, daß sich meine Füße in der Wärme aufblähen, woher sollten sie das im Sender auch wissen... Nein, daß gestern der wärmste Tag im Frühling sei, haben sie gesagt. Und heute früh haben sie das schon wieder gesagt, dasselbe – korrekt müßte das heißen: das gleiche –, daß heute der wärmste Tag im Frühling sei seit hundert Jahren. Zwei Jahrhundertrekorde hintereinander! Das ist doch kaum wahrscheinlich, oder? Oder sie lügen! Was meinst du, Kurt, lügen die? Um mir eins auszuwischen? Du hast doch sicher

Kontakt zu den Leuten vom Aktuellen Dienst. Oder nicht? Entschuldigung, du wolltest etwas sagen... Ich bin ganz weg in Gedanken."

Kurt mußte wieder tief durchatmen, um nicht ins Stammeln zu geraten. Dann sagte er, und er sprach diesmal sehr leise: „Erstens, Willi: nicht immer und nicht unbedingt so laut..."

„Was?"

„Du bist sehr laut."

„Wahrhaftig?"

„Wahrhaftig."

„Entschuldigung! Wirklich! Einmal mich durch deine Augen zu sehen! Mein Gott, ein Mensch wie ich! Das fiel mir gestern nacht ein, Kurt: daß der Sinn meines Lebens der Krieg gegen die eigene Lächerlichkeit ist. Und meine Waffe ist mein Mundwerk. Noch habe ich mich nicht damit abgefunden, daß meine Rolle in diesem Jammertal darin bestehen soll, den Menschen als warnendes Beispiel zu dienen. Entschuldige, Kurt, war ich jetzt wieder zu laut?" – Und leise sagte er: „Entschuldige!" – Und noch leiser: „Entschuldige! So höre ich es ja selber kaum... Entschuldigung." – Und dann wieder sehr laut: „Und zweitens?"

„Zweitens", sagte Kurt. „Zweitens: Entschuldige dich nicht immer! Es gibt nichts Unerotischeres, als sich dauernd zu entschuldigen. Ganz egal, was gleich zwischen euch beiden geschieht, zwischen dir und Irene – niemals darfst du dich entschuldigen. Niemals, Willi, verstehst du! Kein Wort in diese Richtung. Okay?"

„So? Der Selbstbezichtigungscharme ist also glatter Blödsinn? Okay. Ich wette, es gibt noch ein Drittens. Du hast ein Erstens gesagt und du hast ein Zweitens gesagt, und das sagt man nur, wenn es noch ein Drittens gibt. Mir ist überhaupt nicht zum Lachen zumute, Kurt. Eigentlich bin ich fertig. Nur der Form halber: Gibt es noch ein Drittens?"

„Ja. Aber jetzt hast du mich drausgebracht. Ist ja auch egal. Wie komme ich dazu, dir Ratschläge zu erteilen... Ich weiß nicht mehr, was Drittens war..."

„Aber ich weiß es. Drittens: Geh nie zu einem Mädchen mit Sandalen. Ich meine, geh nie mit Sandalen zu einem Mädchen! War das Drittens, Kurt? Kann man das so formulieren? Kurt! Kurt! Kann man das so sagen? Steh mir doch um Himmelswillen bei! Kann man das so als Maxime einführen?"

„Meinetwegen..."

„Gut, das ist schon gespeichert. Geh nie in Sandalen zu einem Mädchen! Ich tu alles, was du sagst. Geh nie in Sandalen zu einem Mädchen! Geh nie in Sandalen zu einem Mädchen! Diese Auswendiglernerei! Erst war es ja nur ein Name, jetzt ist es ein ganzer Satz. Was soll ich nur tun?"

„Sag nicht Mädchen. Das sind alles Frauen."

„Frauen, ja. Viertens: Frauen. Alles Frauen. Das sind alles Frauen. Frauen. Frauen. Frauen. Ich meine, was soll ich mit den Sandalen tun?"

„Laß sie an und schlupf ordentlich hinein."

„Nein! Ich meine, natürlich schlupf ich ordentlich hinein. Das Nein hat sich bezogen... O Gott, bin ich auf einmal aufgeregt... Ich kann ja schnell ein Taxi nehmen und nach Hause fahren und Schuhe anziehen. Ich nehm am besten die dunkelbraunen neuen. Ich werde zwar den ganzen Abend das Schreien unterdrücken müssen... Macht nichts. Wenn ich ein Taxi nehme... ich komm dann höchstens eine Viertelstunde zu spät. Du kannst sie ja so lange aufhalten. Mit ihr reden. Ihr irgend etwas erklären, scherzen. Werbung für mich machen. Auf meine Veröffentlichung hinweisen... München 1989... völlig untergegangen, das Büchlein. Wie sagt Nietzsche: Einige werden posthum geboren. Nietzsche war ein Prophet, hat mich in seinen Visionen vor sich gesehen, als Kontrast zum Übermenschen sozusagen. Wie wär er denn sonst auf so einen Unsinn gekommen! Wird dir jeder Dialektiker bestätigen, daß eine solche Synthese ohne vorangegangene Antithese gar nicht denkbar ist... Ob sich Irene für Nietzsche interessiert?"

„Nein."

„Nicht Nietzsche. So. Also ab ins Taxi, heim,

Treppen hoch, Tür auf, Sandalen ab, Halbschuhe an, schreiend die Treppen hinunter... Die Schuhe, die laß ich glatt ungeputzt, die habe ich ja sicher nur eine halbe Stunde lang an. Die Schuhe fallen bekanntlich als erstes, wenn der Sturmwind der Leidenschaft über die Körperteile tobt... oder so ähnlich. Also: dann steig ich doch gleich aus und nehm ein Taxi. Blödsinn, oder?"

„Ja."

„Dachte ich mir. Hatte mein Vortrag wenigstens Raffinesse?"

„Wenn sie dich will, nimmt sie dich auch mit Sandalen."

„Danke, Kurt. Das macht Mut. Gibt Power. Saft und so... Und dann – würde ich sogar noch weitergehen – dann nimmt sie mich auch, wenn ich nicht richtig hineinschlupfe, in die Sandalen, hinten... wenn sie mich will."

„Das ist wahr, ja."

„Klingt resigniert, wie du das sagst. Habe ich recht? Wahrscheinlich nimmt sie mich sowieso nicht. Willst du das sagen, Kurt?"

„Nein, Willi..."

„Erstens schon nicht, weil ich Sandalen anhabe, und zweitens nicht, weil ich hinten nicht richtig hineingeschlupft bin... vorne bin ich richtig drin."

„Außerdem hast du so eine Art, unfreiwillig zweideutig zu sein. Jeder normale Mensch kriegt da einen Lachkrampf... Wir müssen aussteigen, Willi."

„Wieso jetzt schon? Ich dachte, erst bei der nächsten Station."

„Man steigt eine Station früher aus, damit man nicht nach Straßenbahn riecht und damit die Glieder lockerer werden."

„Du bist auch unfreiwillig zweideutig!"

Sie stiegen aus. Kurt hielt Willi zurück, der wollte nämlich im Laufschritt davon.

„Dann bist du erhitzt", sagte er.

„Ist das nicht gut?" fragte Willi. „Bei den Hunden zum Beispiel spricht man gerade davon, daß sie..."

„Wir sind keine Hunde, Willi."

Sie schlenderten und ließen sich von den Passanten überholen.

„Muß ich Schaufenster anschauen?" fragte Willi.

„Würde nicht schaden", sagte Kurt. „Würde locker machen."

Willi schaute sich die Schaufenster an, und das machte ihn locker. „Wenn's erst so weit ist, dann redet ohnehin kein Mensch mehr von den Sandalen, nicht wahr, Kurt. Mensch, Kurt, ha!"

„Keine Menschen, keine Mädchen, sondern: Frauen", sagte Kurt.

„Ah, ja! Nicht vergessen! Frauen... Frauen... Frauen... Jawohl, es sind Frauen... Frauen sind allerdings auch Menschen. Hoffentlich fällt mir dann ein besseres Bonmot ein..."

„Und kein Emanzenquatsch."

„Ich denke, sie ist eine Emanze? Das sind doch Schauspielerinnen meistens."

„Dann erst recht nicht. Willi: Sex muß so tun, als wäre er das Gegenteil zum Alltag, verstehst du. Und wenn eine Frau eine Emanze ist, dann heißt das, daß dieses Thema bei ihr zum Alltag gehört. Also: auf alle Fälle dieses Thema meiden."

„Kurt, das ist großartig, wie du das gesagt hast... so durchleuchtet..."

„Wie?"

„Illuminiert... Also bei mir ist Sex ganz bestimmt das Gegenteil vom Alltag. Umgekehrt bei dir, Kurt. Ja! Wie ist es denn bei dir? Was ist, wenn der Sex Alltag ist? Dann dürfte man eigentlich keinen Sex machen, wenn man Sex machen will... Alles andere, nur ja keinen Sex! Das ist ein typisches Dilemma, im mathematischen Sinn..."

„Und keine Mathematik, bitte!"

„Ich habe mir gedacht, ich eröffne den Abend mit dem bösen Rätsel, das Russell an Frege geschickt hat... Nein?"

„Nein."

„Keine Mathematik also."

„Nein."

„Keine Mathematik, so, so. Muß ich die

Introduktion völlig neu konzipieren... Kommt denn Klugheit nicht an?“

„Doch, aber Mathematik nicht. Konzentriere dich jetzt!“

„Aha. Gut. Ich konzentriere mich jetzt.“

Sie gingen nun noch langsamer. Diesmal war es Willi, der bremste. Er spielte den Denker.

„Du spielst den Denker“, sagte Kurt.

„Ich denke, ja“, sagte Willi. „Hör zu: Du bist für mich ein Sexprotz, Kurt. Doch, wirklich! Das kannst du selber vielleicht gar nicht so richtig einschätzen. Wenn mich jemand fragt, manchmal hat mich das jemand gefragt, ob ich einen Sexprotz kenne, dann habe ich immer dich genannt. Natürlich, ohne deinen Namen zu sagen. Ich habe gesagt, ich kenne da einen Sexprotz, der arbeitet im Rundfunk in der Kulturabteilung. Nicht beim Hörspiel, sondern bei der Literatur und so. Genauer bin ich nicht geworden.“

„Dann bin ich ja beruhigt.“

„Ich war in meinem Leben mit drei Frauen im Bett, und mit zweien habe ich es im Stehen gemacht...“

„Also mit fünf.“

„Im Bett nur mit dreien. Wörtlich genommen. Weil, als ich es im Stehen gemacht habe, war ich ja nicht im Bett. Das wäre ja auch unbequem. Man sinkt mit den Füßen so weit in die Matratze ein. Jedenfalls: Bis auf das eine Mal, eben das eine Mal im Stehen, war ich jedes Mal ein Sexprotz. Auch das andere Mal im Stehen war ich ein Sexprotz, im Bett sowieso. In dieser Richtung mangelt es nicht. – O Gott, nur noch hundert Meter! Der Aufriß! Bei mir happert's beim Aufriß. Genau, dort happert's bei mir. Dort happert's. Um Gotteswillen, Kurt, der Aufriß! Darüber haben wir nicht gesprochen, Kurt! Und jetzt sind wir da!"

„Wir sind zu früh."

„Höchstens fünf Minuten. Ich nehme an, sie wird fünf Minuten früher kommen wie ausgemacht. Wann hast du mit ihr ausgemacht?"

„Punkt halb zehn."

„Jetzt ist es zwanzig nach neun. Um Gotteswillen! Wenn sie fünf Minuten früher kommt, sind wir nur fünf Minuten zu früh. Das heißt, wir haben keine Zeit mehr."

„Warum sollte sie denn fünf Minuten früher kommen! Du machst mich verrückt!"

„Wir kommen ja auch fünf Minuten früher."

„Wir kommen zehn Minuten früher, Willi! Wir kommen zehn Minuten früher!"

„Das ist relativ, Kurt. Wenn sie fünf Minuten früher kommt als ausgemacht, dann sind wir jetzt nur fünf Minuten früher da als sie, und nicht zehn Minuten. Das meine ich. Ach, das spielt doch alles keine Rolle. Ich weiß nicht, wie ich sie aufreißen soll! Siehst du sie irgendwo?"

„Jetzt? Du meinst, sie kommt noch früher? Zehn Minuten früher?"

„Nein, ich meine, wenn sie fünf Minuten vor uns gekommen ist, rein rechnerisch."

„Daß sie also eine Viertelstunde zu früh kommt? Du machst mich verrückt!"

„Wie sieht sie aus?"

„Was?"

„Kurt, Kurt, bitte, Kurt! Ich habe sie ja nur zweimal gesehen. Einmal in der Bar, da habe ich praktisch gar nichts gesehen."

„Nicht einmal, ob sie blond oder schwarz ist. Ich weiß, ich weiß..."

„Genau... und dann vor der Wühlkiste im Kaufhaus..."

„...da hast du dann gesehen, daß sie blond ist, ich weiß. Wieso bist du nicht einfach ruhig und entspannst dich. Mir ist es zwar egal, wenn du mich löcherst, ich habe ja Urlaub, aber sie..."

„Noch drei Minuten... ich bin jetzt ruhig."

„Noch acht Minuten."

„Drei. Aber ich bin ruhig."

„Acht!"

„Aber hör doch, Kurt, wenn ich, wie wir vorhin festgestellt haben..."

„Acht! Acht! Acht!"

„Was? Du bist so laut, Kurt. Ich dachte, man soll nicht laut sein. Entschuldige. Nein! Nein... Nicht entschuldigen... Was rede ich denn da...

Du meinst wohl, ich habe vorhin nicht bemerkt, daß du Rilke zitiert hast, was? Pervertiert, um genau zu sein. Umgedreht hast du ihn. Ja, ja, mein Freund, ich merke so etwas. Der Sommer war groß... Und was hast du gesagt? Laß den Sommer klein werden, oder so. Das war gegen mich gerichtet. Aber macht nichts, macht nichts, macht nichts. Okay. Ich bin jetzt ruhig, ich entspanne mich..."

Willi blieb stehen und tat nichts. Nur sehr kurz tat er nichts, dann sagte er: „Ich bin ruhig. Ich bin doch ruhig, oder? Es sind jetzt noch ganz genau... nein, ich sage es nicht. Ich schweige..."

Dann tat er wieder nichts. Noch kürzer tat er nichts. Dann redete er dafür doppelt so laut und doppelt so schnell: „Wie sieht sie aus? Bitte, Kurt!"

Kurt schaute irgendwohin.

„Ich habe alles vergessen", flehte Willi. „Kurt! Auch wie man sich entspannt, habe ich vergessen. Dabei ist das zur Zeit mein Thema. Ich habe alles vergessen. Ich habe vergessen, ob diese Entspannungsübungen auch im Stehen funktionieren oder nur im Liegen. Im Sitzen habe ich sie schon gemacht. Da haben sie nicht funktioniert. Ich kann mich doch nicht hier auf die Straße legen, nur um mich zu entspannen. In seinem Buch steht nämlich nichts Bestimmtes. Also an diesem Punkt mangelt es in seinem Buch gewaltig. Ich hätte ihn fragen sollen, er war letzte Woche im Verlag."

Da verlor Kurt die Geduld. Er packte Willi bei den Armen. „Was redest du eigentlich?"

„Ronald Onkin", sagte Willi scheinheilig. „Er war letzte Woche im Verlag."

„Wer ist Ronald Onkin!"

„Ich lektoriere gerade sein Buch. Das heißt, ich lektoriere die Übersetzung. Die Vera hat es übersetzt. Die Vera kennst du ja. Vera Mungenast-Mächler. Die dir die Tür aufgemacht hat. Weißt du nicht mehr?"

„Nein."

„Das weißt du doch noch! Du hast mich sogar noch nach ihr gefragt. Die mit dem langgezogenen Engländergesicht und der tiefen Stimme. Du hast mich gefragt, ob ihr Busen echt ist. Na?"

„Ich habe dich gefragt, ob ihr Busen echt ist? Woher sollst du denn um Himmelswillen wissen, ob ihr Busen echt ist?"

„Also komm! Es könnte ja sein, daß ich mit ihr etwas habe, oder. Natürlich habe ich nichts mit ihr. Aber du tust so, als ob das eine Absurdität wäre."

„Ich weiß gar nicht, wovon du sprichst." Kurt begann wieder zu stammeln. „Ich finde, wir sollten das Ganze abblasen..."

„Nein! Bitte, Kurt! Ich bin doch nur darauf gekommen, auf Ronald Onkin und sein Buch, meine ich, weil du gesagt hast, ich soll mich entspannen. Jetzt sei doch nicht gleich sauer! Das hast du doch gesagt... daß ich mich entspannen soll."

„Aber du entspannst dich ja nicht!"

„Eben. Weil ich vergessen habe, wie es geht. Wie war das gleich... Die Daumen nach außen drehen... Nein. Aber es war etwas mit den Daumen... Die Daumen... man soll die Daumen... Irgendwohin soll ich die Daumen tun..."

„Vielleicht sollst du sie dir in den Arsch stecken."

„Beide? Gleichzeitig? Meinst du? Nein. Kennst du sein Buch? Ronald Onkin schreibt... Also... Du kennst Ronald Onkin nicht? Ihr könntet eine Sendung über ihn machen. Das heißt, jetzt ist es zu spät. Er ist schon wieder weg. Hinüber nach Houston. Sein Buch ist in den USA ein Renner. Autosuggestive Stabilisierung. So eine Art Konzentrationsatlas. Die Vera hat den Titel ziemlich frei übersetzt mit: Wie steht's mit deiner Ruhe?"

„Mit deiner steht's nicht gut."

„Ja, eben. Das Buch hat Schwächen. Das merk ich erst jetzt. Es sind prima Übungen darin beschrieben. Aber man weiß nicht, muß man sie im Stehen machen oder im Liegen oder beides.

Gleichzeitig vielleicht... Wär eigentlich nur im Weltraum möglich... Nein..."

„Und die beste und einfachste Konzentrationsübung nennt er nicht?"

„Nein. Welche meinst du? Er nennt viele: im Flugzeug, auf dem Schiff... das mit dem Weltraum war ein Witz von mir... Sind Witze eigentlich gut, wenn man sie macht?"

„Einfach Mundhalten."

„Was? Ach so... Ja... Na gut, besser, ich rede mich jetzt leer und bin dann später still. Du bist mein Freund, das kann ich dir zumuten. Ich rede mich jetzt vollkommen leer bei dir."

„Es ist auch nicht unbedingt günstig, wenn man mit einer Frau zusammen ist und überhaupt gar kein Wort spricht."

„Ist das nicht günstig?"

„Ich kann's mir nicht vorstellen."

„Der große Schweiger? Ich dachte, das ist dein Trick."

„Der beste Trick ist, wenn man keinen anwendet."

„Das verstehe ich nicht."

„Natürlich nicht. Wenn du das verstehen würdest, dann wär ich jetzt nicht hier."

„Wär sie wahrhaft pünktlich, müßte sie jetzt auch hier sein."

„In fünf Minuten. Gib mir deine Uhr!"

„Du hast doch selbst eine! Die Uhr gehört

mir nicht einmal. Das heißt, ich habe vergessen, sie zurückzugeben. Das ist nun auch schon sieben Jahre her."

„Es ist günstiger, wenn man keine Uhr hat. Für einen wie dich ganz sicher."

„Du meinst, weil ich dann auf die Uhr schaue? Sicher nicht! Bei mir vergeht in solchen Situationen die Zeit wie im Flug."

„Eben. Ich fürchte, das willst du dann nachprüfen. Also gib her."

„Nein, Kurt. Ich kann doch nicht ohne Uhr sein. Wenn jetzt, angenommen, sie auch keine hat..."

„Du hast sicher irgendwo gelesen, daß der ideale Liebhaber eine Nummer mindestens zwanzig lange Minuten durchhält. Also gib schon her!"

„Zwanzig Minuten? Zwanzig Minuten! Eine Minute vor halb! Großer Gott! Ich rede und rede und das Wichtigste vergeß ich. Was soll ich ihr sagen?"

„Was, was sollst du ihr sagen?"

„Ich muß doch irgend etwas sagen! Guten Abend, freut mich sehr... oder: Hat mich sehr gefreut. Wie der Kaiser Franz Joseph. Dabei interessieren mich die Habsburger so gar nicht! Die Wittelsbacher schon eher..."

„Ich kann dir nicht den Dialog für die ganze Nacht liefern. Willi, das mußt du einsehen."

„Ich könnte mit ihr über Anna Karenina sprechen. Ist das gut? Sag halt, ob das gut ist."

„Es ist nicht gut. Sie hat Anna Karenina nicht gelesen."

„Woher weißt du das?"

„Ich habe Anna Karenina auch nicht gelesen."

„Ich könnte ihr eine kurze Inhaltsangabe... eine Art Klappentext... Das kann ich. Da bin ich im Verlag ohne Konkurrenz, ein As! Nicht? Gut, nicht. Der erste Satz... Ich brauche einen ersten Satz. Oh, mein Gott!"

„Sag, daß du mit ihr ins Bett gehen willst."

„Du bist vollkommen verrückt! Also, du bist vollkommen verrückt!"

„Bitte. Ich mach es immer so."

„Er macht es immer so! Immer so! Punkt halb. So. Sie ist nicht da. Alles aus. Vorbei. Gehen wir!"

„Also gut, gehen wir."

„Was?"

„Gehen wir! Du hast gesagt: Gehen wir. Also, gehen wir."

„Aber... Langsam! Warum gehen wir denn?"

„Weil du es gesagt hast."

„Aber wir können jetzt doch nicht gehen! Zwanzig Sekunden über der Zeit! Vielleicht hat sie keine Uhr! Oder sie hat eine, und die geht zwanzig Sekunden nach, inzwischen schon dreißig Sekunden... oder meine Uhr geht vor...

Mein Gott, wer wird denn so genau sein... inzwischen schon vierzig Sekunden..."

„Also gut", sagte Kurt. „Jetzt hör einmal her, Willi! Bleib stehen! Steig nicht immer von einem Fuß auf den anderen, verdammtnochmal!"

Aber Willi stieg von einem Fuß auf den anderen. „Hier", sagte er, „nimm meine Uhr, du hast recht, nimm meine Uhr! Jetzt sind es schon fünfzig Sekunden..."

„Ich will deine Uhr nicht! Ich bin ein ruhiger Mensch, ein sehr ruhiger Mensch."

„Das weiß ich doch, Kurt."

Aber Kurt war ganz und gar nicht ruhig. Er mußte sehr tief Luft holen, um nicht ins Stottern zu geraten. Da sagte Willi nichts und ließ ihm Zeit.

„Ich weiß nicht", sagte Kurt, „ob es in dieser Stadt einen ruhigeren Menschen gibt als mich. Aber weißt du, was ich jetzt gerne tun würde?"

„Mir eine runterhauen, ich weiß. Aber es wäre nicht gut, Kurt. Wenn sie gerade jetzt kommt und uns streiten sieht, das wäre nicht gut."

„Sie ist sicher nicht so ruhig wie ich. Und darum sage ich: Gehen wir. Wenn sie dich überhaupt wahrgenommen hat – in der Bar oder im Kaufhaus –, dann wird sie dich in besserer Erinnerung behalten, als wenn sie dich jetzt kennenlernt. Du bist eine Nervensäge! Ich muß das sagen, Willi: eine Nervensäge. Es wäre eine

Sünde von mir, dich mit ihr zu verkuppeln! Es wäre gegen jede Menschlichkeit! Ich habe inzwischen ein Karussell im Kopf! Eine ganze Nacht mit dir ist ein Fall für Amnesty International!“

Das hatte er ernst gemeint. Auch wenn er es nur für einen Augenblick ernst gemeint hatte, und im nächsten Augenblick schon bereute: Er hatte es ernst gemeint.

„Also“, sagte Willi kleinlaut. „Gehen wir. Es ist besser, du hast recht.“

„Gut, warten wir noch“, sagte Kurt.

„Nein, gehen wir“, sagte Willi.

„Warten wir“, sagte Kurt.

„Bin ich wirklich so unmöglich, Kurt?“

„Nein.“

„Natürlich bin ich so unmöglich. Es ist entsetzlich! Entsetzlich, was sich die Natur in mir für einen Pfusch erlaubt hat.“

„Hör auf, Willi!“

„Ich bin ein Beweis gegen die Güte des Universums.“

„Du bist der Beweis für meine Geduld.“

„Ich bin ein Antigottesbeweis. Diese Art von Ebenbild ruiniert das Original völlig. Ich werde in den Verließen des Vatikan enden! Drei Minuten nach halb... Wie lange sollen wir warten? Ich frage aufrichtig, Kurt. Ich tu, was du sagst.“

Da sagte Kurt plötzlich: „Sie ist da. Sie steht beim Eingang zum Kino.“

Und Willi geriet ganz aus dem Häuschen. „Was steht sie? Wo? Wieso sagst du das so ruhig... mein Gott... Den Satz! Den ersten Satz! Ich seh sie nicht! Wo denn?"

„Sie schaut her. Sie hat mich gesehen. Warte hier!"

„Huhu! Huhu!"

„Was machst du denn, Willi?"

„Du hast recht. Bin ich denn verrückt! Ich führe mich auf wie in den Alpen." Und dann geriet Willi vollends in Panik. „Den Satz, Kurt! Du mußt mir den ersten Satz sagen! Kurt, bitte!"

„Sag einfach: Ohne Übertreibung, ich find's toll, daß Sie gekommen sind."

„Das ist doch ein Unsinn... He! Jetzt wart doch... Kurt!"

Kurt überquerte die Straße. Er ließ Willi einfach stehen. Und zuerst dachte Willi, Kurt wolle ihn abhängen und sich aus dem Staub machen. Aber dann sah er, wie sein Freund zu einer jungen Frau trat und sie ansprach.

„Ohne Übertreibung, ich find's toll, daß Sie gekommen sind", sagte Willi laut vor sich her. Es drehte sich niemand nach ihm um. Das fiel hier nicht auf, wenn einer laut mit sich selber redete. „Ohne Übertreibung, ich find's toll, daß Sie gekommen sind. So ein Stumpfsinn... Ich muß es umformulieren. Sie sind gekommen! Ich finde das toll! Ohne Übertreibung! Also, komm schon herüber mit ihr! Daß Sie gekommen sind! Hurra! Ich bin ein Trottel! Ohne Übertreibung! Ist das nicht toll! Ohne Übertreibung, ich finde es toll, daß Sie gekommen sind. Ist er denn verrückt! He! Ohne Übertreibung, ich komme... äh, ich meine, ich nicht... ich auch..."

Willi hatte etwas gesehen, was ihn noch mehr verwirrte, und das führte dazu, daß er mit seinen Armen ausholte und damit in der Luft herumfuchtelte, und da wurde er von einem, der es eilig hatte, angerempelt, aber ehe ihm Willi seinen Fluch nachschicken konnte, stand Kurt bereits wieder neben ihm.

„Was ist denn los? Kurt... Kurt..."

„Sie hat keine Zeit", sagte Kurt und blickte Willi dabei nicht in die Augen.

„Aber sie war doch gerade da! Wieso keine Zeit... Wo ist sie denn?"

„Komm, wir gehen ein Stück", sagte Kurt.

„Ich will kein Stück gehen... Ohne Übertreibung... nein... es war doch toll, daß sie gekommen ist... Ich meine... Warum ist sie denn wieder gegangen?"

„Sie will nicht", sagte Kurt. Er legte seine Hand auf Willis Schulter und schob ihn neben sich her.

„Aha. Ich verstehe", sagte Willi. „Sie will nicht. Das kann ich natürlich verstehen."

„Du verstehst wie üblich nichts."

„Natürlich verstehe ich! Keine Verabredung mit dem größten Trottel der Menschheitsgeschichte. In letzter Sekunde hat ihr Verstand die Notbremse gezogen. Ohne Übertreibung, sie hat einen Beweis ihrer Intelligenz abgeliefert. Sagen wir, mein Auftritt war so eine Art Intelligenztest. Wer mich sieht und sofort abhaut, liegt im Überdurchschnitt. Was stößt du mich denn so!" Willi schob Kurts Arm beiseite. „Könnten wir bitte zu irgendeiner Brücke gehen", sagte er, „ich möchte mich in irgendeinen Fluß stürzen. Ronald Onkins Buch ist bis auf die letzten drei Seiten fertiglektoriert... Die Wäsche habe ich gebügelt... Die Miete ist bezahlt... Ich habe gesehen, daß ihr euch geküßt habt."

Das war es, was ihn vorhin so verwirrt hatte.

„Quatsch", sagte Kurt.

„Gut, brauche ich zu all meiner Trottelhaftigkeit auch noch eine Brille", sagte Willi.

„Ich habe sie begrüßt, das war alles."

„Fassen wir zusammen: Sandalen statt Halbschuhe, zukünftiger Brillenträger..."

„Das ist bei Schauspielern so üblich, daß man sich zur Begrüßung küßt."

„Auf den Mund."

„Wohin denn sonst."

„Fragt er mich! Weißt du eigentlich, was für eine Fläche das abgibt, wenn man die Haut eines Menschen auswalzt? Und auf jedem Quadratzentimeter läßt sich bequem ein Kuß unterbringen. Und da fragt er mich, wohin man ein Mädchen – eine Frau, ich weiß, ich weiß – wohin man eine Frau noch küssen könnte als auf den Mund." Und ohne Übergang wechselte er den Ton: „Irgendwie", trällerte er auf einmal, „irgendwie bin ich erleichtert. Wir haben uns der Sache angenähert, man muß ja nicht gleich alles überstürzen..." Und ohne auch nur Luft zu holen: „Du hast was mit ihr, stimmt's?"

„Was!"

„Ein Wort von dir, Kurt, nur ein Wort, eine Andeutung... Ich hätte es verstanden!"

„Was um Himmelswillen hättest du verstanden!" fuhr ihn Kurt an. „Das will ich jetzt aber wissen! Also, Willi!"

„Keine Sorge, ich weiß diese Art von Aufopferung durchaus zu schätzen. Hat der Mann einen Freund... Es ist etwas Großartiges, ja..."

„Heul dich aus, fantasier dich aus... Machen wir einen Spaziergang und dann gehen wir ins Puff."

„Weißt du, Liebes", säuselte Willi nun, „ich habe da ein Problem... mein Problem ist mein Freund..."

„Ja, ja..."

„...ein Kleiner, Schweigsamer, recht intelligent..."

„Schweigsam vor allem."

„Schatz, ich würde alles tun für dich, und darum, verdammtnochmal, tu auch was für mich, und zwing diesen Heuschreck zwischen deine Schenkel! So hast du mit ihr geredet, stimmt's? Und sie hat gesagt: Mach ich doch, mach ich doch. Und dann hat sie Schiß gekriegt und ist ab. Ist es so? Was ist Wahrheit, fragt Pontius Pilatus. Ist das die Wahrheit? Kurt! Du mußt antworten, Kurt!" Aber er ließ Kurt gar keine Zeit für eine Antwort – weil er sich vor der Antwort fürchtete. „Du mußt ja sagen, Kurt", redete er gleich weiter. „Ich weiß doch, daß es wahr ist. Aber ich möchte, daß du es zugibst. Es ist nicht schlimm. Einfach nur ja sagen. Das kann jeder..."

Kurt unterbrach ihn. „Ja", sagte er.

„Was heißt ja?"

„Ja heißt ja", sagte Kurt.

„Stimmt etwa, was ich gesagt habe?"

„Es stimmt."

„Man faßt es nicht! Heißt das, daß du genau so mit ihr geredet hast?"

„Genau so."

„Das kann doch nicht sein! Wortwörtlich genau so?"

„Wortwörtlich genau so."

„Das wäre ja... unglaublich! Ist dir eigentlich bewußt, was das für ein Zufall ist? Oder ich bin ein Hellseher... Wortwörtlich..."

„Du bist ein Hellseher."

„Hellseher auch noch."

„Ein Hellseher in Sandalen."

„Das ist beinahe Gotteslästerung! Warum ist diese Stadt so selbstmörderfeindlich? Praktisch keine Brücken, keine offenen Schienen... Da sitzen die Grünen im Stadtrat, und nichts geschieht in dieser Richtung... O Gott, wie gern hätte ich Camus persönlich kennengelernt! Du weißt, das ist Verführung Abhängiger!"

„Was redest du denn für einen Blödsinn."

„Rundfunkredakteur treibt es mit Schauspielerin. Womöglich auf dem Schreibtisch des Besetzungsbüros..."

„Bei uns gibt es kein Besetzungsbüro."

„War ja auch nur im übertragenen Sinn gemeint."

„Ein Besetzungsbüro im übertragenen Sinn... Was redest du da für einen Krampf zusammen! Ich habe sie übrigens gar nicht im Funk kennengelernt."

„Keine Sorge, ich werde dich nicht anzeigen. Liebst du sie? Hoffentlich liebst du sie wenigstens!"

„Weiß ich nicht."

„Dann liebst du sie nicht. Wenn du es nicht weißt, dann liebst du sie nicht."

„Ich weiß es nicht. Ich weiß es eben nicht."

„Mein Gott, diese Abgründe! Liebt sie dich denn?"

„Das weiß ich auch nicht."

„Natürlich liebt sie dich."

„Du weißt das."

„Wäre sie denn sonst bereit gewesen, sich mit mir einzulassen!"

„Sie hat sich ja nicht mit dir eingelassen."

„Natürlich hat sie. Er versteht nichts von Frauen! Sie ist hierher gekommen! Sie hat die Verabredung eingehalten. Sie ist gekommen, auf die Minute pünktlich!"

„Sie war nicht pünktlich."

„Woher willst du wissen, daß ihre Uhr nicht drei Minuten nachgeht? Drei Minuten! Wie leicht kann das passieren, daß eine Uhr drei Minuten nachgeht! Mein Gott, bist du nachtragend! Ich schätze, daß ihre Uhr sogar acht Minuten nachgeht. Ich wette, daß sie acht Minuten nachgeht. Subjektiv gesehen ist sie also fünf Minuten zu früh gekommen. Und sie war bereit, mit mir ins Bett zu gehen. Und warum war sie bereit? Weil du es wolltest, Kurt. Weil – du – es – wolltest... Laß mich ausreden. Du läßt mich nicht ausreden."

„Ich laß dich ja ausreden..."

„Beweis ihrer Liebe. Man stelle sich das vor! Da lektoriere ich Tag und Nacht lauter Quatsch, lauter ausgedachten Scheißdreck, und draußen auf der Straße türmen sich die Novellen. Irene, ach, Irene! Aus Liebe zu dir, Kurt, wollte sie mit mir ins Bett gehen! Dieses Opfer! Diese Hingabefähigkeit! Was ich daraus machen könnte! Findest du nicht, daß es hier irgendwie verbrannt riecht?“

„Wir stehen vor einer Wurstbude.“

„Dann führ mich doch weg von hier! Ich bin ein seelischer Invalide. Wo war ich stehengeblieben?“

„Vor der Wurstbude.“

„So ein Witz ist deiner nicht würdig, Kurt. Wenn doch, dann ade. Soll ich dir sagen, warum sie schlußendlich doch nicht mit mir geschlafen hat, obwohl sie dich so liebt?“

„Und warum hat sie es schlußendlich doch nicht getan?“

„Warum? Eben weil sie mich gesehen hat! Zum erstenmal in ihrem Leben hat sie so etwas wie mich gesehen! Ich stand da... volle Breite. Sie ist ja auch nur ein Mensch. Was erwartest du denn von ihr! Übermenschliches? Der Mensch ist für den Übermenschen, was der Affe für den Menschen ist. Was aber ist der Affe für den Übermenschen? Es ist doch interessant und für die Intellektuellen auch wieder typisch, daß diese Frage in der Nietzscherezeption nie aufgeworfen wurde...“

„Du meinst, eine Frau muß ein Übermensch sein, wenn sie mit dir ins Bett geht.“

„Ja, vielleicht ist es so“, sagte Willi leise.

„Jetzt hör aber auf!“ sagte Kurt.

„Schau mich doch an! Würdest du so etwas wie mich umarmen wollen? Also ich nicht. Ich habe Haare auf den Schultern.“

„Bitte... Das verletzt mich, wenn du so über dich sprichst!“

„Und auf der Brust, wo sie bei einem Mann hingehören: nicht ein Haar. Aber auf der Schulter. Krumme Haare, glatte Haare... verfilzt... zum Glück verfilzt, so verdecken sie wenigstens diese merkwürdig käsige Haut.“

„Wenn du weiter so redest, hau ich dir doch noch eine runter!“

„Es gibt Dinge an mir, die bekomme ich Gott sei Dank nicht zu Gesicht... meinen Rücken! Manchmal erschaudere ich bei dem Gedanken, daß meine Schultern nur die Spitze des Eisbergs sind...“

„Du bist mein Freund, und ich dulde es nicht, wenn jemand so über meinen Freund spricht. Auch wenn es du selber bist!“

So hilflos pathetisch klang das, und Willi wußte nicht, ob er sich darüber ärgern oder freuen sollte. „Sie mit so jemandem wie mir verkuppeln zu wollen!“ sagte er. „Das arme Kind! Ein Wesen! Hau mir eine runter, Kurt, ja! Du bist ein Schuft, Kurt! Ein Schuft, ja! Schuft! Mein Gott, wie ich diese alten Worte liebe! Schuft. Schelm. Schurke. Habe ich dir erzählt, daß ich seit neuestem alte Worte sammle? Du Schuft! Du Schelm! Du Schurke! Das hat doch etwas!“

„Ich weiß nicht, ob du das kapierst“, sagte Kurt langsam, „aber es ist so: Niemand kann einem anderen eine Frau beschaffen. Das geht nicht. Ich kann nicht eine Frau aufreißen, die dann dich will. Das ist eine Absurdität. Warum läßt sie sich von mir aufreißen, wenn sie dann dich will! Ich kann sie vielleicht überreden, daß sie mit dir etwas anfängt. Wenn sie eine ist, die sich dazu überreden läßt, vorausgesetzt. Aber ich kann dir keine Frau beschaffen, so daß du hinterher sagen kannst: Ich habe eine Frau. Verstehst du das?“

„Nein“, sagte Willi.

„Nein?“

„Nein. Nein. Nein.“

„Also zum Beispiel diese Frau dort drüben...“

„Wo ist eine Frau, Kurt?“

„Ist doch egal! Nur zum Beispiel...“

„Das ist egal? Eine Frau nur so zum Beispiel? Er treibt Luxus... sexistischen Luxus treibt er. Eine Verschwendung! Sag mir wenigstens, wie du sie kennengelernt hast!“

„Irene? Wie ich sie kennengelernt habe? Ganz normal. Einfach so. Ich habe sie eben kennengelernt.“

„Einfach so.“

„Ja. Wie denn sonst.“

„Wie sich Männlein und Weiblein eben kennenlernen?"

„Von mir aus."

„Ich weiß aber nicht, wie sich Männlein und Weiblein kennenlernen!" Das war wieder sehr laut gewesen. „Ich bin zwar auch ein Männlein, vermutlich jedenfalls. Aber ich weiß es nicht! Also bitte, Kurt! Wie hast du sie kennengelernt. Bist du über sie drübergestolpert, wart ihr zusammen im Lift eingesperrt, hast du ihren Hund aus dem reißenden Strom gerettet... wie?"

„Ja... wie soll ich sagen... sehr zielgerichtet irgendwie. Ich habe mit dem Dings da gesprochen..." Kurt stammelte ein wenig: „...mit dem... du kennst ihn... dem Erich Reuther..."

„Ich kenne keinen Erich Reuther und will auch keinen Erich Reuther kennenlernen. Ich will eine Frau kennenlernen!"

„Natürlich kennst du ihn. Unser Hörspielredakteur. Er hat ein Buch bei euch herausgebracht. Jetzt tu doch nicht so!"

„Ich kenne keinen Reuther, so wahr mir Gott helfe!"

„Bist du noch klar im Kopf! Das Ohr."

„Was, das Ohr?"

„Die Anthologie! So lautet der Titel seiner Anthologie. Das Ohr. Aufsätze zum Thema Hören! Die hat er bei euch herausgebracht."

„Habe ich nicht lektoriert! Hätte ich niemals

zugestimmt, daß so ein Dreck in unserem Verlag als Buch erscheint!"

„Ich will jetzt doch nicht über das Buch vom Reuther sprechen..."

„Das Buch vom Reuther? Aha, jetzt ist es schon das Buch vom Reuther! So machen das die feinen Herrn Redakteure! Schmieren ein Vorwort zusammen, pressen einer Handvoll Autoren, die von ihnen abhängig sind, finanziell, sexuell, existentiell, Aufsätze aus dem Computer, lassen die Manuskripte von ihren Sekretärinnen zusammenheften und behaupten dann, das sei ihr Buch! Ihr Buch! Weißt du was, Kurt! Ich werde in die Politik gehen! Mein Entschluß steht fest. Sag deinem Herrn Reuther, er ist der Auslöser dafür, daß ich in die Politik gegangen bin. Ich werde die fünfte Internationale gründen! Die Internationale der betrogenen Kleinarschlöcher. IBKA. Gebt uns drei Jahre, dann sitzen wir im Europaparlament, und dann wird abgerechnet. Mit den noch kleineren Arschlöchern... Ich bin so traurig... Mir ist so elend, Kurt. Ist das das Ende? So starb der Führer der IBKA?"

Kurt blieb stehen und schaute seinem Freund gerade ins Gesicht. „Das kommt bei den Frauen nicht an, wenn man sich klein macht", sagte er.

„Ich bin klein. 164 Zentimeter."

„Aber du bist Lektor in einem großen Verlag, Willi!"

„Wär's umgekehrt nicht besser? Sag ehrlich, Kurt. Ich weiß, du bringst jetzt gleich das Napoleon-Beispiel... Ich bin so traurig... Mir ist so elend, Kurt."

„Du hast eben innere Qualitäten", sagte Kurt, und es tat ihm gleich leid, daß er so etwas gesagt hatte.

„Mit einem Lektor darfst du so nicht reden", sagte Willi prompt. „Innere Qualitäten. Das würde ich streichen. Noch zwei, drei weitere solche Phrasen, und das Manuskript wäre abgelehnt... Kurt, reiß dich zusammen! Du kannst es besser! Du mußt deinen writers block überwinden!"

„Wenn man über jemand etwas Gutes sagen will, dann verfällt man in Phrasen und Klischees. Nur wenn man jemanden fertig macht, ist man originell. Mit inneren Qualitäten meine ich..."

„...daß sie innen sind. Das habe ich schon verstanden. Wenn's erst so weit kommt, daß eine Frau in mich hineinschaut, dann bin ich gerettet, das ist mir schon klar. Da habe ich absolut keine Sorge. Darum habe ich ja meinen Körper der Wissenschaft verschrieben. Die Medizinstudentinnen werden sich alle in mich verknallen, wenn sie in meinen Innereien wühlen. Dem Leben nach dem Tod sehe ich gelassen entgegen, Kurt. Die Phase, die davor liegt, ist die entscheidende. Und da gibt es eine unbestechliche Jury, nämlich die Sinnesorgane. Die saugen sich nur an Äußerlichkeiten fest. Überbleibsel aus der Urzeit... Wie ich die Urzeit hasse! Die mit ihren blöden Stieren an der Wand! Wenn der Mensch erst vollkommen Geist geworden sein wird, dann... ja dann... Soll ich damit prahlen, daß ich in der Lage bin, das futurum exactum präzise zu verwenden?"

„Gut, dann schauen wir einmal dein Äußeres an..."

„Wo beginnen wir, oben oder unten? Oben Glatze, unten Schweißfüße."

„So geht's natürlich nicht."

„Du meinst, die Schweißfüße gehören mehr zu den inneren Qualitäten, weil ich Socken drüber anhabe. Vergiß die Sandalen nicht!"

„Du hast schöne Augen."

„Ach wo!"

„Doch, ausgesprochen schöne Augen."

„Ausgesprochen schöne Augen?" fragte Willi.

„Ja", sagte Kurt.

„Findest du wirklich?"

„Du hast die schönsten Männeraugen, die ich kenne."

„Tatsächlich? Du meinst, wenn ich einen Ganzkörperschleier trage, der nur die Augen freiläßt, dann habe ich eine Chance?"

„Du mußt auf deinen Blick vertrauen. Du mußt deine ganze Energie auf deine Augen konzentrieren, Willi."

„Hypnose! Stimmt, das wäre eine Möglichkeit. Und dann alle Frauen dieser Stadt ab auf meine Matratze! Der geheimnisvolle Schwängerer. Ein Städtegründer. Ich habe mich immer gefragt, wie das die Helden in der Antike gemacht haben. Dort heißt es doch: Er gründete die und die Stadt... Jetzt weiß ich es."

„Im Grunde ist jeder Mensch häßlich", sagte Kurt. „Da gibt es höchstens ein oder zwei Dinge, die schön sind. Das Geheimnis des Charmes liegt darin, daß du genau diese ein oder zwei Dinge zum Einsatz bringst."

„Du meinst also, ich soll meine Augen für mich arbeiten lassen, Kurt?"

„Genau. Dein Kapital sind die Augen."

„Alles auf diese Karte, meinst du?"

„Alles auf diese Karte."

„Mit den Augen reiß ich die Frauen auf?"

„Genau."

„Mit den Augen kämpfe ich gegen meine Glatze?"

„Genau."

„Und gegen die Schweißfüße?"

„Die mußt du natürlich waschen."

„Und gegen die 164 Zentimeter?"

„So ist es."

„Die Augen... die Augen... die Augen... Wie machst es denn du?"

„Was meinst du?"

„Deine Augen sind nicht besonders... wie soll ich sagen... es hat ja keinen Sinn, dir etwas vorzumachen..."

„Ich habe eben andere Qualitäten", sagte Kurt. „Man behauptet, ich hätte eine schöne Stimme."

„Ah! Das gilt auch? Der Beichtvaterbonus..."

„Und einen schönen Mund."

„Wird das auch behauptet?"

„Man muß den Menschen als Ganzes sehen, Willi. Meine ganze Art ist es wahrscheinlich..."

„Die ganze Art gleich! Mein Gott!"

„Wie soll ich es denn sagen... so eine Art lässige Art."

„Das stimmt!" ereiferte sich Willi. „Das stimmt! Du sagst es! Du hast so eine lässige Art. Genau!"

Willi meinte es nicht ernst. Aber Kurt merkte es nicht. Vielleicht merkte er es nicht, weil zum ersten Mal an diesem Abend er der Gegenstand des Gesprächs war. „Man muß den Menschen als Ganzes sehen", sagte er, und seine Stimme klang voll und tat wohl.

„Als Ganzes", wiederholte Willi. „Nicht nur als Glatze..."

„Eine Glatze allein sagt gar nichts."

„Auch die 164 Zentimeter sagen für sich genommen nichts."

„Sagen gar nichts."

„Auch die Augen allein sagen nichts."

„Gar nichts..." Und nun merkte Kurt, daß wieder nicht er der Gegenstand des Gesprächs war. „Das heißt", stammelte er, „das heißt eben doch..."

„Ich weiß, was das heißt", schnitt ihm Willi das Wort ab, und er spielte dabei den mit der Scharfrichterstimme. „Dann kann ich die Augen also wieder streichen. Das heißt es. Ich finde, Kurt, du solltest mich auf einen Schnaps einladen. Nicht einmal die primitivsten Umgangsformen kennst du!"

„Also, trinken wir einen Tequila", sagte Kurt.

Willi und seinen Freund sah ich als erste das Café betreten. Sie setzten sich in die Nische beim Fenster.

„Und wann bist du mit ihr ins Bett?" fragte Willi.

„Was?" sagte Kurt. „Was meinst du?" Aber dann sagte er: „Also gut: Ja. Ich bin. Ja. Ja, klar bin ich. Was denn sonst. Was hast du denn erwartet, ha?"

„Nein, nein, das ist doch ganz natürlich", sagte Willi. „Glaubst du, ich habe etwas anderes erwartet?"

„Hast du nicht."

„Habe ich natürlich nicht! Kurt, Alter! He! Also wann?"

„Um die Wahrheit zu sagen..."

„Du hast es für mich getan. Ist mir völlig klar, Kurt! Wenn schon nicht ich für mich mit einer Frau ins Bett gehen kann, dann wenigstens du für mich. Beantworte meine Fragen!"

„Du hast ein ganz falsches Bild von mir, Willi. Wahrscheinlich hast du überhaupt kein Bild von mir. Wenn du ehrlich bist, hast du dich doch noch nie gefragt... noch nie... nie eine Frage... Wie soll ich mich ausdrücken, ohne daß es egoistisch klingt... egozentrisch meine ich..." Und wieder überhaspelten sich ihm die Worte. Er ließ eine Pause und atmete tief durch, ließ den Bauch ganz locker. So hatte man ihm von kompetenter Seite geraten.

Dann sagte er: „Es war meine Schwester."

„Wer war deine Schwester", fragte Willi.

„Sie."

„Ich weiß nicht, wen du meinst, Kurt."

„Sie heißt nicht Irene, sie heißt... Nein, ich werde dir nicht sagen, wie sie heißt..."

Sie sahen sich nicht an.

Es tat Willi gut. Es war also nur seine Schwester, dachte er. Er wußte nicht, warum ihm das gut tat. Es gab eine Menge psychologischer Begründungen, warum ihm das gut tat. Willi dachte über einige dieser Begründungen nach. Aber hinter jeder Begründung drängten sich büschelweise die Theorien. Es war ein weites

Feld. Darum sagte er: „Ich ignorier das, Kurt. Okay?"

Kurt nickte nur.

Eine Weile saßen sie schweigend da.

Dann sagte Kurt: „Als ich vierzehn Jahre alt war... nein, nicht vierzehn... zwölf... jünger... zehn... Jedenfalls... wir haben damals in der Nähe der Bahnlinie gewohnt, auf dem Land, der Bahnhof stand mitten im Acker... acht war ich... kein Haus weit und breit... Ich war verliebt in den Fahrdienstleiter... richtiggehend verliebt... weil er so gut gerochen hat. Sein Rasierwasser verwende ich heute noch... Ich war doch schon zehn... Ich meine, ich verwende dieselbe Rasierwassermarke wie er... heute noch. Das kannst du ohne weiteres als eine Hommage an diesen Mann verstehen. Er hatte so eine Art, aus der Tür zu treten, nach links zu schauen oder nach rechts, je nachdem, von welcher Seite der Zug kam... Die meisten Züge fuhren durch, mit hoher Geschwindigkeit natürlich. Dann hob er die Kelle, zum Zeichen, daß die Strecke frei war... natürlich war die Strecke frei... Ach was! Willi?"

„Ja?"

„Du hörst mir natürlich wieder nicht zu, das ist mir schon klar..."

„Ich höre total zu. Total... Was wolltest du sagen?"

„Dieser Fahrdienstleiter... Regelmäßig fällt er

mir ein. Alle halben Jahre oder so. Ich habe ihm gegenüber ein schlechtes Gewissen. Muß ich das? Natürlich nicht. Hab ich sie eigentlich noch alle?"
„Klar, Mensch."

Inzwischen hatten die beiden anderen Männer das Café betreten. Sie setzten sich in die Ecke hinten neben der Garderobe.

„Kurt!" sagte Willi. „Siehst du die beiden dort drüben? Das ist doch... Nicht zu fassen! Schau dir das an! Wie im Spiegel, die beiden... Ich bin völlig fertig. Die wollen uns verarschen... Das gibt's doch nicht! Kurt, die sehen aus wie wir."

Und Kurt sagte: „Ja. Das ist wie ein Witz. Aber er hat eine andere Jacke an."

„Wer?"

„Der Größere."

„Stimmt. Er hat dieselbe Jacke an wie ich, Kurt."

„Und der Kleinere", sagte Kurt, „hat dieselbe Jacke an wie ich. Das ist ein Witz."

„Und, Kurt, bitte, schau doch: Der Große, der ist völlig fertig. Das baut mich auf, ehrlich. Mensch, tut das gut... wie der fertig ist... der liegt darnieder, kaputt... diese Freude... Und der Kleine, der mit der Glatze – den wenigen Haaren, man soll nicht übertreiben – völlig die Oberhand... Schau doch, Kurt!"

„Tja... Dann bin ich ja froh, daß es dir wieder gut geht, Willi."

„Klar, Kurt."

Willi rief nach der Kellnerin. „Noch einmal dasselbe!"

Und tuschelte zu Kurt hinüber: „Ich kann mich gar nicht beruhigen. Diese beiden dort... Ach, jetzt ist es doch noch ein schöner Abend geworden. Was Kurt?"

„Wunderschön", sagte Kurt.

„Ach, Kurt, wie ich mich nach meiner zweiten Frau sehne! Es hat nur eine Nacht gedauert. Ich war ein Stier! Es war wunderbar! Wir haben geredet und geredet und uns Perversionen ausgedacht, da wäre ich allein nie draufgekommen... Ich hatte plötzlich einen Mut, Mensch... War's Leidenschaft, war's Gleichgültigkeit... Wer kann es sagen. Im Grunde liebe ich das Leben... Diese Frühlingsnächte. Ich hoffe nur, daß der Treibhauseffekt bald voll einsetzt. Hör zu, Kurt: Ich habe einen Entschluß gefaßt. Wir verabschieden uns jetzt hier. Nein, sag nichts. Gönn mir den Casablanca-Schlußszene-Effekt. Geh du zu deiner Irene. Weißt du, für einen wie dich gibt es irgendwo eine Irene. Mich würde so eine Irene nach einem halben Jahr sowieso ankotzen. Ihr dagegen werdet ein wunderbares Paar. Sie muß eben die Schauspielerei aufgeben. Ganz sicher wird sie die Schauspielerei aufgeben. Ich werde noch ein Stündchen durch die Abendluft wandern. Dieser Pommes-frittes-Geruch! Ein Stück weit kannst du mich ja noch begleiten, deinen alten Freund von früher. Was meinst du? Ich liebe diesen Pommes-frittes-Geruch! Dann gehe ich nach Hause und klemme mich hinter meine alten Wörter. Ab und zu, einmal im Monat, komm ich euch besuchen... Ach, Kurt. Sollen wir die beiden dort hinten einladen? Was meinst du, Kurt? Soll ich ihnen einen Whisky hinüberschicken? Irgend etwas Billiges?“

In diesem Augenblick betrat die Frau das Café.

Die Frau hatte langes, offenes und nußbraunes Haar, sie war Ende zwanzig und war zu dünn, das wußte sie auch. Sie wohnte in dem Haus, das dem Café gegenüberlag. Sie war Besitzerin einer hübschen Mansarde und hatte viel durchgemacht in der letzten Zeit. Wenn sie allein in ihrer Wohnung war, und in der letzten Zeit war sie dort immer allein, dann hatte sie mit sich selbst gesprochen, und einer der häufigsten Sätze war gewesen: „Ich wünsche dir alles Schlechte." Sie war in die Küche gegangen und hatte gesagt: „Ich wünsche dir alles, alles, alles Schlechte." Und dann war sie ins Bad gegangen und hatte gesagt: „Ich wünsche dir alles Schlechte." Und wenn sie auf ihrem Bett gelegen war und in den Fernseher geschaut hatte, dann hatte sie immer noch gesagt: „Ich wünsche dir alles Schlechte." Und es hatte nicht böse geklungen.

Dann hielt sie es nicht mehr aus und nahm Schlaftabletten. Aber sie behielt sie nicht. Sie erbrach sich. Sie setzte sich auf den Badewannenrand und dachte nach. Sie öffnete das Fenster und ließ die laue Frühlingsluft herein. Sie wusch sich den Mund aus, ging ins Zimmer und telephonierte. Sie rief einen Bücher- und Schallplattenversand an und gab als ihren Namen Beate Landau an. Aber das war nicht ihr Name.

„Hier ist Beate Landau", sagte sie. „Ich hätte gern eine Bestellung aufgegeben. Bücher, ja, nicht CDs. Oder doch, CDs auch. Wenn es geht, auch CDs."

Sie wurde weiterverbunden.

Sie rauchte seit eineinhalb Jahren nicht mehr. Sie rechnete es sich hoch an, daß sie nicht wieder damit angefangen hatte, obwohl sie zur Zeit so viel durchmachte. Dann war die Verbindung hergestellt, und sie sagte noch einmal den falschen Namen.

„Beate Landau ist mein Name", sagte sie. „Ich hätte gern eine Bestellung aufgegeben." Sie buchstabierte: „Ludwig Anton Nordpol Donau Anton U... Landau. Zacharias-Werner-Straße Nummer 25." Auch die Adresse war nicht die ihre.

Vor sich auf dem Bett hatte sie den Katalog des Versands liegen. Sie bestellte die vierzehnbändige Kirchengeschichte für 24.000 Schilling. Und das Illustrierte Lexikon der Deutschen Umgangssprache für 4.900 Schilling bestellte sie auch. Dazu noch die Familienbibel mit Goldschnitt und Holz-Leder-Einband. Ob sie die

Bibel mit Prägung ihres Namens wünsche, wurde sie gefragt.

„Eine Prägung wäre schön“, sagte sie. „Für Beate... Einfach nur: Für Beate.“ Das machte 11.000 Schilling. Ob sie auch CDs bestellen könne, fragte sie. Dann wolle sie nämlich die Mozartedition für 29.000 Schilling.

„Per Nachname, ja. Einfach per Nachname.“

Dann legte sie auf und redete laut mit sich selber.

„Ich wünsche dir alles Schlechte. Ich wünsche dir alles Schlechte.“ Und sagte auch noch: „Oh, diese Sau. Diese Sau, diese Sau. Oh, diese Sau. Mein Gott, diese Sau. Ach Gott, diese Sau.“

Sie wollte die Bestellungen zusammenrechnen, aber sie hatte keine Geduld dazu. Sie wählte noch einmal. Diese Nummer kannte sie auswendig. Es war die Nummer von Beate Landau.

„Ich bin's schon wieder“, sagte die Frau. „Du, es ist ganz unwichtig. Nur, weil ich es gerade in der Redaktion versucht habe, und dort ist er nicht...“ Sie sprach von ihrem Mann. Genau müßte es heißen: von ihrem ehemaligen Mann. Die Frau war in diesem Punkt nicht gern genau.

„Es war mir unangenehm, daß ich ausgerechnet die Fellinger an die Leitung gekriegt habe“, redete die Frau weiter in den Telephonhörer hinein. Ihre Stimme klang fröhlich. „Die Fürsorge von der Fellinger ist mir sehr peinlich, weißt du,

Beate. Es ist mir peinlich, daß sie so auffallend zu mir hilft, weißt du."

Nun sagte Beate Landau etwas. Die Frau hörte zu und verzog dabei ihr Gesicht.

Dann sagte sie: „Ich kann doch nichts dafür, daß es mir peinlich ist. Es ist mir halt peinlich, daß sie zu mir hilft... gegen dich und Kurt. Daß die Fellinger dich so auffällig nicht leiden kann, das meine ich, Beate..." Und sie unterbrach sich schnell selbst, bevor sie unterbrochen wurde: „Ach, es ist ganz etwas Unwichtiges, was ich Kurt sagen möchte, Beate. – Nein, ich möchte es ihm selber sagen, sei nicht böse. – Brauchst du nicht, nein... Ich merke mir die Nummer eh nicht, und ich habe nichts zum Schreiben in der Nähe. Außerdem, wenn er da mit einem Autor verhandelt, und da ruft seine Exfrau an... Sieht dann so aus, als ob ich ihm nachspioniere."

Das mit der Exfrau war absichtlich gesagt und absichtlich betont. Und sie bekam umgehend Antwort darauf, und die schien ein wenig schärfer im Ton zu sein. Denn die Frau entgegnete ihrerseits ebenfalls scharf.

„Nein, Beate, das bin ich nicht. Ich bin keine ganz normale, x-beliebige Frau für Kurt. Auch nicht inzwischen. – Hast du aber gesagt. – Ganz normale Frau hast du gesagt und inzwischen hast du auch gesagt. Ist ja egal, Beate... Wenn man so lange zusammengelebt hat wie Kurt und ich... –

Ja, freilich. Er kann mich ja anrufen. Genau. Ich bin die ganze Zeit da. Also dann, Beate..."

Und weil sie fürchtete, das Gespräch könnte nun zu Ende sein, nahm sie ihren Ton zurück. Das verstand sie gut. Nun klang ihre Stimme leidend. Nicht zu viel, das würde abstoßen, aber auch nicht so wenig, daß man es überhören konnte. „Vielleicht sieht man sich gelegentlich", sagte sie. „Also dann... Meine Nummer wird er ja wohl noch wissen. Ich meine... na ja... – Wieso? Ich bin überhaupt nicht zynisch, Beate."

Der sanfte Ton war ihr eben nur wenige Worte lang gelungen.

„Was war jetzt zynisch, ha? Ich mache nicht dauernd Anspielungen. Das liegt vielleicht an unserem Hörer. Ich meine, an meinem Hörer... – Ich sage das nicht absichtlich, Beate. Nein. Mir rutscht das halt immer so heraus, daß ich unsere sage oder unser, unser Hörer und so, unsere Wohnung und so... Das ist doch scheißegal! Verdammtnochmal! Entschuldige. Bei den Dingen, die mich und Kurt betreffen, kann ich eben nicht so schnell umschalten... – Nein, Beate, ich will damit gar nichts andeuten. Das kann ich gar nicht... zynisch sein. Und zu dir zu allerletzt."

Beim letzten Satz hatte sie den weichen Tonfall wieder geschafft.

„Mich wundert das auch", fuhr sie fort. Sie wußte ja, daß Beate Landau am anderen Ende der Leitung das Gespräch lieber abbrechen wollte. Aber *sie* wollte es nicht. „Das wundert mich ehrlich, Beate. Einer, den ich kenne, ganz gut kenne, eigentlich ziemlich gut, Kurt kennt ihn auch, er ist so eine Art Leitfaden in meinem Leben, dieser Bekannte... Blödsinn, was ich rede... ist ja egal... Dessen Freundin ist bei einem Analytiker, das heißt, sie ist eben nicht dort, sie sagt jeden Mittwoch Nachmittag, daß sie zum Analytiker geht, und in Wirklichkeit... – Ich will dich nicht aufhalten, Beate, nein... Also dieser Bekannte jedenfalls hat das auch gesagt über mein Verhalten dir gegenüber. Er war drei Klassen über mir in der Schule, jetzt ist er beim Finanzamt, kleiner Abteilungsleiter oder so. Er war lange Zeit so eine Art freischaffender Künstler, Künstler ist er immer noch, er ist ein Avantgardist, und davon kann er nicht leben, und darum hat er sich umgesehen und hat halt etwas beim Finanzamt gekriegt. Er malt, das heißt, er hat gemalt, aber er glaubt nicht mehr an das Tafelbild, das heißt, inzwischen glaubt er wieder an das Tafelbild... Also jedenfalls hat der gesagt... übrigens hat er geglaubt, daß ihn Kurt verachte, reine Einbildung natürlich, ist ja egal... Er hätte sich halt gewünscht, daß der Kurt einmal eine Sendung über ihn macht, einmal, meine Güte, da hätte sich der Kurt doch keinen Zacken aus seiner Krone gebrochen. Er hat es sich so gewünscht... obwohl ich ihm gleich gesagt habe, daß das nicht geht. Ich habe ihm ja gesagt, daß der Kurt überhaupt nichts mit bildender Kunst zu tun hat, ausschließlich mit Literatur. Hat er nicht eingesehen. Er sieht das halt nicht so eng... Ja, und er sagt, also dieser Freund von mir sagt, das sei ganz und gar unnormal, völlig daneben, neben der Norm sei das... außergewöhnlichst eben, daß ich so ein gutes Verhältnis zu der Frau habe, die mir meinen Mann... eben zu dir so ein gutes Verhältnis habe... jedenfalls zu dir wünsche... so ein gutes Verhältnis..."

Und mit Bedacht und einer Taktik, die nicht wußte, welcher Strategie sie diente, sagte sie leise: „Ja... Ja, das wünsche ich mir ehrlich, ein gutes Verhältnis zu dir... Beate, doch... – Wirklich. – Echt." Und lispelte in den Hörer: „Wo du mir ja meinen Mann ausgespannt hast", und ließ Beate Landau am anderen Ende der Leitung keine Zeit zu einer Entgegnung. „Doch, doch, Beate", sagte sie laut und streitsüchtig. „Das ist zwar kein Problem mehr für mich, überhaupt nicht mehr... längst nicht mehr... nein, wirklich, überhaupt nicht mehr. Aber ausgespannt hast du ihn mir."

Beate Landau muß wohl sehr heftig geantwortet haben, denn es gelang der Frau eine geschlagene Minute lang nicht, zu Wort zu kommen.

Hinterher war sie zerknirscht:

„Aber, Beate... – Beate... klammere dich doch nicht an dem Wort fest. Beate... ausspannen... Das ist umgangssprachlich. Das kannst du nachschlagen im Lexikon. – Aber sicher... Das gibt es, zum Beispiel: Illustriertes Wörterbuch der deutschen Umgangssprache... ziemlich teuer halt... Wollte sich Kurt immer anschaffen. Hat es nicht getan, weil er ein schlechtes Gewissen hatte. – Nein, nicht wegen dir, nein, nur wegen dem Preis. – Ich sage halt ausgespannt dazu... und da ist... und da ist... und da ist... und da ist..." Noch einmal wollte sie nicht eine Minute lang schweigen. Deshalb ließ sie sich diesmal das Wort nicht abreißen. „Laß mich doch ausreden", rief sie schließlich. „Ich fang ja gar nicht mehr damit an... mit der ganzen Scheiße, Entschuldigung... Nein! – Schau, Beate, ich wollte grad sagen, da ist absolut überhaupt gar nichts daran auszusetzen, daß du mir den Kurt... eben... wie auch immer du das nennen magst... – Natürlich kannst du ihm das sagen. Kurt und ich haben keine Geheimnisse, das werden wir nie haben. Geheimnisse werden wir nie voreinander haben. Wir beide nie! Nie! Nie, Beate, nie! Und wenn wir achtzig Jahre alt werden, Kurt und ich... Oder zum Beispiel, als ich vor einer Woche in Darmstadt war... – Ich war in Darmstadt, ja. Stört dich das? – Weil du so spitz irgendwie gefragt hast. Gut, dann nicht. – Nein, es hat sich aber so angehört.

Ich sage ja, der Hörer... Ich habe *der* Hörer gesagt und nicht *unser* Hörer... – Einfach so war ich in Darmstadt. Da habe ich von euch beiden geträumt. Nein, wenn ich ehrlich bin, von dir habe ich nicht geträumt, nur von Kurt habe ich geträumt. – Selbstverständlich waren wir im Traum noch verheiratet. – Aber, Beate, tut mir leid... also wirklich, was in den Träumen passiert, das sagt dir jedes Kind, das passiert ohne deine Schuld. Ich habe geträumt... das war witzig: Kurt steht mitten in einer Stadt, ich glaube, es war Frankfurt... – Du bringst alles durcheinander, Beate. Nein, bitte, ich bin ja gleich fertig, nur das möchte ich dir noch erzählen... Also, so war das: Ich war in Darmstadt. Kurt war in Frankfurt. Ich habe geschlafen. Kurt war in meinem Traum. Klar? – Wahrscheinlich, weil wir öfter in Frankfurt waren. Weil er sich dort beim Sender um eine Stelle bemüht hat. Hat er dir nie davon erzählt? – Nein? Komisch. Erst beim Sender, dann bei einem Verlag. Bei Suhrkamp, ja... oder Fischer... einer von den Kalibern, ja. – Wußtest du gar nicht? So? Dann tut es mir leid, daß ich... – Nein, nein, nur weil ich Kurt versprochen habe, daß ich nie jemandem etwas davon erzählen werde. – Freilich gilt das für dich nicht, Beate. Darum habe ich es dir ja erzählt. Sicher hat es Kurt nur vergessen, dir zu erzählen. – Sicher. – Sicher. – Sicher. – Willst du meinen

Traum... Soll ich ihn erzählen? Also, da stand Kurt... in meinem Traum, den ich in Darmstadt in diesem Hotel hatte, da stand er mitten in der Stadt, in Frankfurt, nackt, aber gleichzeitig dick... dick und groß. Also echt groß, übermenschlich groß, so groß wie der Messeturm. Er hat den Henningerturm überragt. – Den kennst du nicht? Das ist halt auch so ein... Egal. Und er hat so langsame Schritte gemacht. Sehr vorsichtig ist er durch die Straßen gegangen... damit er nichts kaputtmacht... bei der Hauptwache vorbei... und er hat sich immer so gedreht, daß ich seinen Schwanz nicht sehen konnte... Den hat er mir auch im Leben, ich meine eben im wachen Zustand... oder wie soll ich sagen... hat er mir seinen Schwanz nicht gern gezeigt. – Warte doch, Beate! Ich will doch nicht intim und so... Ich meine ja auch nur, wenn er ganz normal im Badezimmer war oder so. Da hat es aber nie ein Problem gegeben. Ich habe das immer respektiert, Beate."

Weil ihr der Unterarm schon weh tat vom Halten des Hörers, legte sich die Frau aufs Bett und drückte das Kopfkissen neben sich und schob sich den Hörer zurecht, und jetzt war es angenehmer zu sprechen.

„Ich kann nichts dafür, wenn sich meine Träume an das halten, was im Schulbuch abgedruckt ist", sagte sie. Aber sie hatte gar nicht zugehört, was Beate Landau gesagt hatte. Da war sie mit ihrer Bequemlichkeit beschäftigt gewesen.

Beate Landau war immer noch am Wort. Und das war für die Frau unerträglich. „Wir sind wie zwei Glaskugeln“, sagte sie unvermittelt, „zwei Glaskugeln, in die nur wir beide schauen.“ Sie wußte, das würde den Redefluß ihrer Feindin unterbrechen.

„Nein, Beate, das ist nicht von mir, das ist von ihm. Das hat Kurt gesagt. Über uns. Über uns beide, über mich und über ihn, hat er das gesagt. – Aber es ist so. – Natürlich kannst du ihn fragen. Ich meine, mir wäre das peinlich, so etwas zu fragen. Aber wenn du dich da nicht genierst, das ist auf jeden Fall deine Sache. Frag ihn, Beate, frag ihn... – Er hat es gesagt. Daß wir wie zwei Glaskugeln sind. Er und ich. Er sagt manchmal solche Sachen. Immer wieder hat er solchen... nein, Kitsch ist das irgendwie nicht, ich finde das jedenfalls keinen Kitsch. Für Verliebte sind solche Sachen kein Kitsch. – Ich weiß nicht, warum du deshalb eifersüchtig sein solltest, Beate. Ich weiß nicht einmal, was das bedeutet, daß Kurt und ich zwei Glaskugeln sind... – Nein, Beate, das ist mir jetzt egal, ob ich unhöflich bin oder nicht, außerdem unterbrichst du mich auch die ganze Zeit. Ich bin nach Darmstadt gefahren, weil ich mich in diesem Hotel umbringen wollte. Darum.“

Das darum klang, als würde es heißen: Jetzt hast du den Dreck. Und so war es ja auch gedacht.

„Ich verstehe halt manchmal die Welt nicht mehr in letzter Zeit. Was um mich vorgeht... Die Frau von meinem Bekannten... – Ja der, der mehr weiß als der Analytiker, der Leitfaden... – Ach, das war früher, ich kenne ihn ja schon sehr lang. Kurt hat ihn auch gekannt, er hat ihn genervt, wegen der Sendung eben, ja. Ich habe zu Kurt gesagt, er war früher so etwas wie der intellektuelle Leitfaden... – Bei den Leuten, mit denen ich damals zusammen war, ja. Ist ja egal. Jedenfalls... ja, die Frau von dem, die geht jeden Mittwoch zum Analytiker, sie geht wirklich hin, das erzählt sie mir. Ich kenne sie ja auch. Nicht so gut. Will ich auch nicht. Sie will schon. Sie ist aufdringlich. Ruft mich an, wenn ich in der Badewanne sitze und so. Sie sagt: Stell dir vor, ich betrüge den Heinz, ohne daß ich ihn anzulügen brauche. Und ich frage: Wie geht das? Und sie sagt: Er schickt mich zum Analytiker, und ich gehe zum Analytiker. Verstehst du, Beate: Sie hat ein Verhältnis mit dem Analytiker. Sie hält das für genial. Ich glaube, sie hat nur deshalb ein Verhältnis mit ihrem Analytiker, weil ihre Lüge genial ist. Das macht mich fertig! Das macht mich fix und fertig. Obwohl es mich einen Scheißdreck angeht, verstehst du, Beate. Daß sich tröpfchenweise herausstellt, daß die Welt wie ein Witz funktioniert, das macht mich fertig. – Genau, wie du sagst, Beate. Das ist natürlich ein Witz. Und in meinem Kopf verbindet sich das... Und ich habe jetzt niemanden mehr, mit dem ich darüber reden kann... – Tut mir auch leid, daß jetzt wieder so ein Ton zwischen uns war. Vorhin... Nein, Beate, ich bin schon still, ich wärme nichts auf. Ich wollte wirklich nichts aufwärmen. Bitte, das mußt du mir glauben."

Die Frau meinte, es sei taktisch klug, wenn sie jetzt ihrer Feindin Gelegenheit lasse zu reden, und deshalb gab sie sich für zwei Minuten wortkarg. Sie schaute auf ihre Uhr. Das ist ein Schachzug, sagte sie sich. Aber es gab keine Strategie.

Sie sagte: „Ja, leider."

Und sagte: „Gut. Ich gebe dir eh recht."

Und: „Ja."

Und sie sagte noch mehr. Es war alles ähnlich. Dann waren die zwei Minuten um. Sie unterbrach Beate Landau mitten im Wort.

„Ich wollte mich umbringen in dem Hotel in Darmstadt", sagte sie. „Hast du richtig gehört. Scheiße ist das. Sich umbringen wollen ist Scheiße. Weiß auch nicht, warum gerade in Darmstadt in diesem Hotel. Ich habe doch keine Ahnung. Aber es ging nicht. Ich kotz ja gleich. Ich bin jemand, der gleich kotzt. Darum habe ich auch nie etwas am Magen oder am Darm. Ich habe Tabletten genommen... – Entschuldige, Beate, ich will nicht Dinge am Telephon ausbreiten... – Tabletten, ja. Und dann habe ich mir vorgestellt, wie die ganzen Tabletten da in meinem Magen liegen, wie sie sich mit Magensäure ansaufen... Das kennst du doch, wenn man Aspirin in einem Löffel Wasser auflöst, dann quellen die Tabletten zuerst auf, bevor sie zerfallen. Das habe ich mir vorgestellt, und da habe ich gekotzt. Allein wegen der Vorstellung. Die waren noch nicht einmal aufgelöst, die Schlaftabletten, die hätte ich, grad wie sie waren, aus der Kloschale nehmen und noch einmal einwerfen können... – Entschuldigung. – Jetzt habe ich wieder ein schlechtes Gewissen... – Schon, ja. Aber wieso grad immer ich. Habt denn ihr ein schlechtes Gewissen? Oder zwei schlechte Gewissen... Wieso auch! Klar. Wieso solltet ihr eines haben! Hätte ich im umgekehrten Fall auch nicht. Wirklich nicht! Aber schon überhaupt nicht, du! Also dann, Beate, vielleicht sieht man sich irgendwann einmal..."

Die Frau war drauf und dran, den Hörer aufzulegen, weil sie plötzlich so eine Wut hatte und glaubte, die Wut würde auch ausreichen für das Alleinsein hinterher. Aber dann wußte sie doch, die Wut würde nicht ausreichen.

Schnell sagte sie: „Ach, Beate, da fällt mir

grad ein... Warum ich ja eigentlich angerufen habe... Ich habe für Mittwoch eine Einladung vor... ja, eben, so zum Einstand in mein neues Junggesellinnenleben. So eine Art umgekehrter Polterabend. – Sich selber gegenüber darf man zynisch sein, Beate. Die Wördehoffs kommen... – Kennst du doch. Sie war freie Mitarbeiterin von Kurt, bevor du... – Eben, ja... – Die Ruth, ja. Jetzt heißt sie eben Wördehoff. Sie hält von Doppelnamen nichts. Ich auch nicht. – Wenn du sie kennst, kennst du ihn auch. Er ist genau gleich wie sie. – Dachte eben, ob ihr beiden, Kurt und du, nicht Lust hättet, auch zu kommen. Aber das wäre wohl ziemlich geschmacklos... – Nein, du verstehst mich schon wieder falsch, geschmacklos nicht von euch... – Nein, das habe ich nicht gemeint, Beate. Beate, ich schwöre, ich habe das nicht gemeint. Ich habe gemeint, das wäre geschmacklos von mir. – Ja, von mir. Euch einzuladen wäre geschmacklos von mir. Sei doch nicht so empfindlich. Herrgottnocheinmal!"

Die Frau war einen Augenblick ganz benommen von dem Aufwall an Selbstmitleid. Sie drehte sich zur Seite und ließ den Telephonhörer reden. Und als sie wieder weitersprechen wollte, hörte sie, daß Beate Landau mit einer dem Weinen naher Stimme zu erzählen begonnen hatte. Und da blieb der Frau nichts anderes übrig als zuzuhören. Denn sie wollte wissen, was es war, das ihre Feindin zum Weinen brachte.

„So war er bei mir am Anfang auch", brachte sie einmal dazwischen an. „Du kommst schon noch dahinter, Beate."

Dann war sie etwas gefragt worden. „Beate... Ich will dich nicht kritisieren, aber... Willst du das wirklich? Willst du, daß ich dir Ratschläge erteile, wie du meinen ehemaligen Mann behandeln sollst, du, seine jetzige Freundin? – Jetzt heul nicht gleich. – Das ist nichts Neues bei Kurt. Ja, er ist sogar einer, der sich darauf etwas einbildet, daß man bei ihm nie weiß, wie man dran ist. Darauf ist er stolz. Er kultiviert seine Unberechenbarkeit. Das mußt du wissen. Er meint, es sei attraktiver, wenn ein Mann unberechenbar ist. Und weil er sich selber für völlig berechenbar hält, tut er manchmal unberechenbar. Einmal mag er Rotkraut am liebsten, dann machst du ihm Rotkraut, und er sagt, es gebe keine Speise auf der Welt, die er mehr hasse als Rotkraut... im übertragenen Sinn... – Entschuldigung, kannst du eine Sekunde warten, ich will mir gerade eine Orange schälen. Bleib dran... – Ja. Ich kann nicht übers Essen reden, ohne daß ich Appetit bekomme. – Ich leg nicht auf, nein, ich verspreche dir, daß ich nicht auflege. Es ist nur, weil ich vom Essen angefangen habe. Oder du, du hast vom Essen angefangen. –

Ist doch egal. Ich bin auf deiner Seite. Ich hol mir nur schnell ein Messer für die Orange. Augenblick."

Sie legte den Hörer auf das Kopfkissen und ging in die Küche. Dabei redete sie laut vor sich hin.

„Oh, du Sau!" sagte sie zum Beispiel.

Sie redete nicht so laut, wie wenn sie allein war. Aber laut genug, so daß man es am anderen Ende der Leitung vielleicht hören könnte. Aber nur vielleicht. Wahrscheinlich würde man es nicht hören können.

Während sie die Orange aß, sprach sie weiter ins Telephon. Eine kleine angenehme Aufregung war in ihr, weil sie zuerst nicht wußte, ob ihre Feindin die Beschimpfungen gehört hatte.

„Das Unvernünftige an mir hat ihn geärgert. Ich verstehe inzwischen auch, was er damit gemeint hat. Bist du noch da, Beate?"

Sie war noch da. Einerseits war die Frau erleichtert, andererseits war sie enttäuscht.

„Du wirst es dann schon selber sehen. Er nennt es das Unvernünftige. Das Unvernünftige. – Ist noch nie gefallen, das Wort? Was sagt er denn zu dir? – Indolenz? Das hat er von seinen neuen Yuppiefreunden. Das ist ja furchtbar. Und du? – Nein, das ist nicht nötig, Beate. Ich habe dich angerufen. Das ist schon in Ordnung, Beate. Man muß doch nicht alles auf Punkt und

Strich abrechnen... – Nein! Fällt mir gar nicht ein! Meine Telephonrechnung braucht dir doch keine Sorgen zu machen, Beate! Leg ich auf und weiß ich dann, ob du dann zurückrufst? – Natürlich vertraue ich dir. – Also gut: Meine Probleme, meine Telephonrechnung, deine Probleme, deine Telephonrechnung. Aber laß mich nicht warten."

Sie hörte das Tuten im Hörer und sie fühlte sich sehr beklommen. Nur aus Gewohnheit sagte sie: „Du blödes Weib, du! Du blödes Weib, du! Du blödes Weib, du! Du grausiges Weib, du. Du dummes, blödes, grausiges Weib, du. Du grausiges Weib, du. So ein blödes Weib, du. Scheiße."

Es klang wie ein Bittgebet. Dann merkte sie, daß der Hörer ja immer noch auf dem Kopfkissen lag. Rasch drückte sie ihn auf die Gabel. Sofort klingelte das Telephon.

„Servus. Nein, ich habe den Hörer gleich aufgelegt, Beate. Hat einen Vogel, der Apparat. Sag ich ja. Wo waren wir stehengeblieben? – Ich? Wieso? Klingt das so? Ich bin doch nicht kühl. Ich halte den Hörer nur mit zwei Fingern, weil meine Hände so kleben. Wegen der Orange... Bleibst du einen Augenblick dran? Oder ruf doch gleich noch einmal an... – Nein, ich habe nichts gegen dich, Beate. Warte doch einen Augenblick! Der ganze Hörer ist jetzt klebrig. Das ist blöd und dumm und grausig. Pfuiteufel! – Aber nicht auflegen! Bitte, bleib dran!“

Sie rannte in die Küche, wusch sich die Hände. Laut zu fluchen, traute sie sich nicht mehr. Leise Fluchen kam nicht in Frage.

„Beate? Das klingt vielleicht grausig für dich, wenn ich den Hörer abwische, der klebt nämlich auch. Blöd von mir, am Telephon eine Orange zu essen. Hörst du mich? So, jetzt habe ich ihn abgewischt. Jetzt hör ich dich auch wieder. – Aber bitte sag kein Wort davon zu Kurt. Dann verdreht er nur wieder die Augen und sagt, das sei typisch für mich. – So. Ich rede nur von mir... So. Beate, also, Ende der Prozedur. Du bist dran. Also, was hast du auf dem Herzen?“

Sie wollte nicht zuhören. Es schoß ihr durch den Kopf, daß es eine besonders perfide Demütigung wäre, den Hörer neben den Apparat zu legen und, während die Feindin von ihren Sorgen erzählte, den Fernseher ohne Ton anzuschalten.

„Beate“, sagte die Frau deshalb, „ich höre dir jetzt zu. Du hast dir meine Sorgen angehört, ich hör mir die deinen an. Ich werde dich nicht unterbrechen.“

Dann legte sie den Hörer aufs Kopfkissen. Aber sie hielt es nicht lange aus, und sie legte sich aufs Bett und legte ihren Kopf auf den Hörer und nahm Anteil an der Erzählung ihrer Feindin.

Wieder gab sie ihre kleinen Kommentare ab: „Ist mir vertraut, ja.“ Oder: „Will er, so...“ Empörte sich sogar über ein empörendes Detail: „Und wieso rückt er das Ding nicht einfach ein Stück nach rechts? Das darf ja wohl nicht wahr sein! Und du läßt dir das gefallen, Beate? Jetzt ist mir auch völlig klar, warum ich vorhin so eine unbändige Lust auf eine Orange gehabt habe. Wenn nämlich in meinem Kopf die beiden Begriffe Kurt und Vernunft zusammenstoßen, dann gibt mein Gehirn an den Magen Befehl aus, er soll sich eine Orange wünschen. Und warum? Weil mir Kurt beigebracht hat, wie man vernünftig Orangen schält. Ich krieg einen Lachkrampf! Ich bin wie ein dressierter Affe.“ Und ganz entgegen ihrer strategielosen Taktik hüpfte ihr ein Schluchzen in die Kehle. „Ich bin im Grunde eine Zirkusnummer, Beate... – Nein, laß das, komm! Es hat keinen Sinn, wenn ich dir jetzt einen Ablauf durchdiktiere, wie man vernünftig Orangen schält. Um Himmelswillen! Nein, das mach ich nicht. Hör auf, das mach ich nicht! An dir stört ihn ja etwas anderes, wenn ich dich richtig verstanden habe... – Nein, das mach ich nicht, Beate... – Dann leg halt den Zettel wieder weg. Scholle mit Tomaten und Champignons... – Weil er das so gern hat... das kann ich dir durchdiktieren. Hast du damals bei uns ja auch gern gegessen... – Na, komm, das ist doch lächerlich. Daß du dich nicht mehr daran erinnerst, ist lächerlich. Außerdem... – Bitte, Beate... Außerdem... – Darf ich das noch sagen... Damals habe ich ja schon längst alles gewußt. Paß auf... Paß auf, ich sage dir Folgendes: Ich habe es gewußt, da war es dem Kurt selber noch gar nicht einmal klar. Aber wenn du die Männer so gut kennen würdest, wie ich sie kenne, Beate... – Nein, Beate, das habe ich damit nicht gemeint. Okay? – Okay, ich korrigiere mich: Wenn du den Kurt so gut kennen würdest, wie ich ihn kenne... Darf ich es wenigstens so ausdrücken? – Danke. Danke vielmals.... dann wüßtest du, daß er Dinge tut, die ihm nicht klar sind. Wie jeder Mensch übrigens. Wie du, wie ich, jeder... Jedenfalls, und das kannst du mir glauben, hat dich der Kurt damals zum Essen nur deshalb eingeladen, damit er mich hinterher fragen kann, scheinheilig natürlich, was ich von dir halte. Er hat gesagt... – Jetzt laß mich das erzählen, Beate, ich finde, ich habe ein Recht darauf, daß du mir zuhörst... – Gut, wenn du meinst, dann ruf ich dich zurück... – Nein, ich kann genauso stur sein. Ich habe dich schon verstanden. Ich habe dich sehr gut verstanden, Beate. Meine Probleme, meine Rechnung, deine Probleme, deine Rechnung."

Die Frau knallte den Hörer auf den Apparat und sagte: „Oh, du Sau. Dumm wie ein Putzlumpen." Sie sagte das völlig ruhig. Denn sie hatte es sich so angewöhnt in der letzten Zeit, als sie so viel durchgemacht hatte.

Dann wählte sie wieder.

„So“, sagte sie. „Ich wußte es also, das mit euch beiden. Und damit basta. – Ja, es gab Fisch. – Scholle. Iglo. – Ich bin keine gute Köchin. Absolut nicht. Das ist reine Kurt-Mythologie. – Kannst du ihm gern sagen. – Er joggt seit neuestem? – Saublöd... – Ich bin nicht mehr böse, Beate, nein. Hätte ich an deiner Stelle doch auch. Soll er doch allein... Außerdem bin ich der Meinung, daß eine Frau zu einer Frau immer besser paßt als zu einem Mann. Ja. Die zwei verfeindetsten Frauen passen besser zueinander als das innigste Liebespaar...“ Und dabei schnitt sie Gesichter und zeigte dem Telephonhörer den Mittelfinger.

„Ich rede komisch? Mir ist etwas zwischen den Zähnen steckengeblieben... – Von der Orange, ja... – Nein, das habe ich so gemeint. Eine Frau und eine andere Frau, und beide sind, angenommen, verfeindet... die passen trotzdem besser zusammen... Ich meine das so... Ich meine das nicht kabarettistisch. – Nein, Beate, damit ist für mich Schluß. Man muß wissen, wenn etwas zu Ende ist. Ich habe zehn Jahre Kabarett gemacht, Beate. Kannst du dir vorstellen, wie das einem auf den Wecker geht? Ich müßte mir Tag und Nacht den Kopf zerbrechen, wogegen ich denn sein soll. So zufrieden bin ich... – Ich bin zufrieden, ja. – Man kann sich umbringen und trotzdem zufrieden sein. Viele zufriedene Menschen haben sich umgebracht. Man braucht nicht einmal unglücklich zu sein. Einfach, wenn einem langweilig ist. Da hast du in Kurt übrigens einen Experten. Laß dir einmal das Band vorspielen... Weißt du, so einer wie der Kurt, der hat es gut, der will sich einmal in seinem Leben umbringen, dann tut er es nicht, sondern macht eine Sendung daraus... – Ja, ein poetisches Feature über den Selbstmord. Titel weiß ich jetzt nicht mehr. Auf den Spuren von Ferdinand von Saar oder so. Die Geschichte von Ferdinand von Saar hat darin eine Rolle gespielt. Kurt hat während seiner Krise gerade eine Biographie über Ferdinand von Saar gelesen. Oder wollte er eine schreiben? Was weiß ich... Ich weiß jetzt nicht, ob Ferdinand von Saar die Krise bei Kurt ausgelöst hat oder ob sich das so zufällig ergeben hat... Hängt auch mit Frankfurt und der Pleite zusammen... – Ja, weil sich Ferdinand von Saar vor dem Spiegel eine Kugel durch den Kopf geschossen hat. Habe ich auch nicht gewußt. Weiß man eben nicht. Keine Ahnung, ob er das noch gesehen hat. Man weiß ja nicht, wie schnell der Sehnerv abschaltet... Mußt du alles den Kurt fragen. Sag ihm, er soll dir das Band einmal vorspielen. Dieses poetische Feature über den Selbstmord. Er wollte auch noch ein Feature über den Doppelselbstmord machen. Hätte zusammen eine Art Trilogie ergeben sollen, ja... – Was? – Hat er, ja. – Wenn ich sage, hat er, dann hat er. Einmal, da waren wir in Berlin, da hat er gesagt... Bitte, Beate, daran erinnere ich mich nun wirklich ganz wörtlich: Wie wär's, wenn wir uns beide auf einmal wegputzen? – Klar war er besoffen. Aber ich war es auch, und das hebt sich wieder auf. Ich habe es ernst gemeint... War sogar Wettbewerbsbeitrag für den Prix Futura in Berlin. Das Feature über den Selbstmord. Und bei dieser Gelegenheit hat er gesagt, eigentlich wäre es interessanter gewesen, ein Feature über den Doppelselbstmord zu machen. Kannst du ja immer noch, habe ich gesagt. – Ja, Beate, den Trainingsanzug kenn ich noch, ja... – Der war früher gelb, ich habe ihn gefärbt, ja. Wollte eigentlich blau, ist dann eben grün geworden. Und in dem joggt er... – So... interessant, ja... – Mit so angewinkelten Armen? Ist das blöd... Mich hat übrigens aufgeregt, wie er Suppe ißt. Er schält die Orangen übrigens mit dem Daumen. Beißt in die Schale und dann geht er mit dem Daumennagel drüber... Dabei kann ich nicht behaupten, daß er irgendwie unvernünftig Suppe ißt... Ist auch egal. – Entschuldige, ich bin ein bißchen aus dem Konzept gerade... Also, die Scholle: Das Rezept ist nichts Besonderes. Es steht hinten drauf auf der Packung. Wenn du Scholle tiefgekühlt kaufst, steht hinten das Rezept drauf. – Iglo, ja. – Ich bin doch auch froh, daß es dich gibt, Beate. Laß mich das doch sagen. Auch wenn das ganz und gar unnatürlich klingt und auch unnatürlich ist, wie Heinz sagt... – Ja, der, der seine Freundin zum Analytiker schickt... – Wollt ihr wirklich nicht kommen am Mittwoch? Die Wördehoffs würden sich sicher freuen. Heinz ist auch da... – Ja, der, der seine Freundin zum Analytiker geschickt hat... – Ich glaub schon, daß er es inzwischen weiß, daß sie etwas mit dem Analytiker hat. Ich finde das pervers. Er weiß es inzwischen, ja. – Ich treff ihn manchmal. – Mittwoch, ja. – Wenn sie beim Psychiater ist, ja. Damit er nicht so allein daheim herumhängt, ja. – Ja, ich habe etwas mit ihm. Scheiße, ja. Ich meine... ja, macht Spaß... – Was? – Danke. – Klar. – Schon sehr. – Er mich auch. – Sicher. – Da bin ich sicher. – Ja klar. – Doch. – Habe mich halt nicht getraut, gleich zu sagen: He, Beate, ich brauche jemanden, der mir zuhört, weil ich verliebt bin. – Er ist kompliziert, aber nicht schwierig. – Wer hat jetzt wen angerufen? Ich dich? Oder du mich? Du mich, glaub ich... – Nein, du mich, ich weiß es genau. Beate, das ist zwar lieb... das ist zwar lieb... das ist zwar lieb von dir... nein... Jetzt hör doch einmal zu! – Weißt du was, ich leg jetzt auf und ruf dich sofort wieder an. Ich schenk mir nur vorher noch eine Tasse Kaffee ein. Du sollst nicht dafür bezahlen, daß ich dir von meinem Heinz erzähle. Also, bis gleich, Beate."

Die Frau legte auf, weil sie ihre eigene Stimme nicht mehr hören und sich selbst nicht mehr ausstehen konnte.

„Von mir aus verreck! Elend verreck!" sagte sie, und es war diesmal nicht sicher, wen sie meinte. Sie hätte nämlich auch sich selbst meinen können.

„Elend verreck! Elend verreck!"

Sie blätterte im Telephonbuch, bis sie im Branchenverzeichnis die Nummer eines Klempners fand. Dann begann sie in der Wohnung herumzuhüpfen. Sie ging in die Hocke und sprang hoch in die Luft, und das machte sie so lange, bis sie außer Atem war.

Sie wählte die Nummer des Klempners. „Ja, hallo!" Ihre Stimme klang hell und hysterisch. „Hier spricht Beate Landau in der Zacharias-Werner-Straße 25, Erdgeschoß. Ich bin völlig fertig. Ich glaube, es ist ein Rohrbruch, glaub ich... – Ich habe es ja probiert... – Wo? Was: wo? – In der Küche. – Ich habe probiert, eine Kartoffel hineinzudrücken. – Landau. Beate Landau... Zacharias-Werner-Straße 25, Erdgeschoß. Danke."

Dann wählte sie wieder die Nummer ihrer Feindin.

„Hallo, Beate. Entschuldige. – Weil ich gerannt bin. – Ach, ich habe nur schnell... Nein, es ist egal. – Was? – Beate, laß mir eben meine Art, in Andeutungen zu sprechen und dann doch nicht mit der Sache herauszurücken... – Gut. Gut. Danke, daß du das akzeptierst. Liebesgeschichten sind Novellen, die sich auf der Straße türmen... – Nein, Beate, das war keine Andeutung. Das war ein Zitat. Nicht böse sein, wenn ich zitiere. Ist von Kurt. Von deinem Kurt. Ich habe ganz ähnlich reagiert wie du, nur habe ich Kurt gefragt, warum türmen sie sich ausgerechnet auf der Straße, die Liebesgeschichten. Warum nicht in den Vorgärten oder hinter den Häusern... oder in den Hausfluren... oder in den Schlafzimmern. – Ja... Ich wollte dir von Heinz erzählen, Beate. Ja, von dem, dessen Freundin jeden Mittwoch zum Psychiater geht. Ich kenne ihn seit der Schulzeit. Er hieß der Mann mit dem Fingerhaken. So hat man zu ihm gesagt in der Schule. Das nimmt Bezug auf Thomas Mann, weißt du. Den haben wir damals gelesen im Deutschunterricht. Mario und der Zauberer. Ja. – Richtig, Beate. Ich habe das aufgebracht. Ich dachte, der Heinz ist so einer wie der Zauberer in dieser Geschichte, und dieser Zauberer, eigentlich ein Hypnotiseur, der hat seine Opfer mit seinem Zeigefinger zu sich gelockt. Er hat so einen Fingerhaken gemacht und das Opfer zu sich gewinkt... mit dem Finger. Komm, komm... und mit dem Fingerhaken zu sich geholt. Und dieser selbe Mann, der Heinz, kommt und bittet mich... also fünfzehn Jahre später... ich habe ihn völlig aus den Augen verloren... bittet mich, nachdem ich mit ihm im Bett war, ich soll bei Kurt, bei meinem Ex-Kurt, bei deinem Kurt, Beate, intervenieren, daß eine Sendung über ihn gemacht wird, eine beschissene Sendung über die Kunst, die er macht. Irgendwelche Scheißkunst... Beate, gibt es irgend etwas Deprimierenderes!“

Und weil sie meinte, das sei ein gelungener Abschied, legte sie auf und sagte laut zu sich: „Du widerliches Stück.“

Dann schien ihr aber, es sei doch kein gelungener Abschied gewesen, und sie wußte auch gar nicht, was das sein sollte – ein gelungener Abschied. Sie rief ein Taxi an. Sie wollte in der Stadt herumgefahren werden, aber dann sagte sie: „Hier spricht Beate Landau in der Zacharias-Werner-Straße 25, Erdgeschoß. Könnten Sie bitte einen Wagen schicken. Nichtraucher. Danke.“

Ohne mit sich zu ringen, rief sie wieder ihre Feindin an: „Beate, wir sind unterbrochen worden. Es ist mir scheißegal, ob du das glaubst. Also der Heinz... Es gibt ihn gar nicht. Es gibt keinen Heinz. Gelogen. Keinen Heinz. Keinen Mann mit dem Fingerhaken. – Halt, Beate! Du bleibst jetzt am Apparat! – Also hör zu. Ich könnte dich jetzt beleidigen und beschimpfen, es ist mir danach, es ist mir weiß Gott danach, aber ich habe mir etwas Besseres ausgedacht. Gleich wird bei dir der Teufel los sein. Ein Mechaniker wird kommen und einen Rohrbruch reparieren wollen, dann wird ein Taxifahrer an deiner Tür läuten, den du angeblich bestellt hast... Du sollst jetzt nicht reden, Beate, du sollst den Mund halten. Es wird interessant für dich werden, das kann ich dir versprechen. Außerdem wirst du in den nächsten Tagen einige größere Pakete bekommen und eine größere Rechnung, zu bezahlen per Nachnahme... Aber lassen wir das, denken wir nur an das, was heute geschieht, ich habe im Augenblick keinen Nerv, weiter als eine halbe Stunde vorauszudenken. Also: Ein Taxifahrer wird läuten bei dir, Beate. – Du sollst nicht hysterisch werden, Beate. Ich habe vor wenigen Minuten drei Rollen Schlaftabletten geschluckt. Das brauchst du mir ebenfalls nicht zu glauben, Beate. Wenn du dich in das Taxi setzt und zu mir fährst oder wenn du die Rettung rufst und sie zu mir schickst... – Beate, wenn du jetzt auflegst, dann, das schwöre ich dir, dann wirst du dir ein Leben lang Vorwürfe machen, daß du schuld bist... zumindest wird dir Kurt Vorwürfe machen... – Ob du mir glaubst oder nicht, das ist mir scheißegal. Trag das mit dir selber aus, mich geht das alles nichts mehr an. Bei dir klingelt's übrigens an der Tür. Das wird das Taxi sein. Überleg's dir... – Beate! Beate? – Ich habe dir verboten, daß du auflegst!"

Aber ihre Feindin hatte aufgelegt.

Hat sie eben aufgelegt, dachte die Frau.

Und dachte, was fange ich mit dem Abend an. Dachte: Soll ich zu Hause bleiben oder soll ich weggehen?

Dachte: Wohin soll ich denn gehen? Dachte: Was soll ich zu Hause machen?

Und sagte dabei die ganze Zeit laut vor sich hin: „Elend verreck! Elend verreck! Elend verreck! Elend verreck!"

Und ging ins Café.

Theorie des Heimzahlens

Die beiden anderen Männer im Café – nennen wir sie Arthur und Günther –, waren den ganzen Abend durch die Stadt gegangen, und Günther hatte des öfteren zu Arthur gesagt: „Warum gehst du eigentlich so schnell? Ich kenn dich nur als einen, der schnell geht."

Arthur und Günther waren beide so um die vierzig. Günther war groß, er trug eine Trainingshose, darüber ein Sacco. Das paßte sogar zusammen. Die Haare standen ihm ein wenig zu Berge. Die Stirn war blaß und feucht. Und der Mund war auch feucht; und rot. Arthur dagegen war sehnig und klein, hatte eine Athletenfigur und eine knappe Glatze. Die Lippen hatte er geschürzt, das sah aus, als ob er etwas Ungutes rieche. Er blickte ernst. Wenn er grinste – lachen konnte er eigentlich nicht – , wenn er grinste, wirkte das schäbig. Das wußte er, und wollte er nicht, und darum grinste er nur, wenn es unbedingt sein mußte.

„Bitte", sagte Günter. „Bitte, Arthur, ich will nicht schnaufen wie ein, wie ein... wie soll ich sagen... wenn ich dann vor ihm stehe, dem Widersacher, dem schweinsäugigen, will ich nicht schnaufen wie ein Dings... Das macht schon gleich einen unterlegenen Eindruck, verstehst du, Arthur..."

Sie gingen neben der Straße, auf dem Weg, der parallel zur Straße durch den Park führte.

„Es macht einen unterlegenen Eindruck, wenn ich schnaufe wie ein... Himmel! ...wie ein... Was wird er dann denken, wenn ich schnaufe wie ein, wie ein Dings..."

„Also bitte, sag endlich, wie du schnaufst", fuhr ihn Arthur an. „Wie ein Walroß? Wie ein Pferd? Wie ein Säugling? Mir ist alles recht!"

„Habe ich doch gesagt, wie ein Dings. Ich möchte meinem Rivalen nicht von vornherein auf den Lachsack drücken. Ist doch lächerlich, wenn ich so schnaufe wie..."

„Wie ein Dings."

„Genau. Wir können genausogut gehen. Müssen ja nicht rennen. Meine Strategie besteht eben genau darin, nicht zu schnaufen, verstehst du."

„Du hast eine Strategie... so, Günther."

„Selbstverständlich habe ich eine Strategie."

„Und die besteht darin, nicht zu schnaufen?"

„Meine Kehle ist ein Jammertal... nein, anders, eine Bobbahn, die Speiseröhre eine Bobbahn, auf der mit Avocado eingefettete Tomaten hinunterrasen. Das paßt aber jetzt nicht hierher..."

„Du wirst alles verderben. Es ist zwecklos mit dir."

„Was verderbe ich denn, Artur?"

„Du weißt nicht, was du willst, Günther. Vielleicht liegt es daran. Was weiß ich."

„Was will ich denn? Ich weiß natürlich, was ich will. Was will ich denn groß? Den Liebhaber meiner Frau will ich ermorden. Aus gesundheitlichen Gründen übrigens... um die Blutstauung in meinem Kopf abzuführen."

„Lohengrin! Den ganzen Tag Lohengrin. Du hast meine gemütliche Wohnung zu einer Oper gemacht!"

„Ich finde, einer, der nach gerechter Rache sinnt wie ich, hat Ausnahmerecht. Ich bemühe mich, mich in meinem Verhalten ganz der wagnerschen Welt anzugleichen. Mimikri... verstehst du? Du bist der Wagnerianer. Es sind deine Schallplatten. Was kann verwerflich daran sein, wenn ich in der Wohnung eines Wagnerianers Wagner höre und auf Ermordung meines Nebenbuhlers sinne? Das kommt mir ganz normal vor."

„Seit vier Tagen bin ich kein Wagnerianer mehr", sagte Arthur.

„Seit ich bei dir wohne, nicht wahr?"

„Red nicht so süß! Ja, seitdem du bei mir wohnst!"

„Mein Gott, jetzt habe ich ihm auch noch den Wagner weggenommen! Das Schlafzimmer und den Wagner. Ich schlafe ab heute auf dem Sofa. Keine Widerrede! Dein Schlafzimmer soll dir gehören! Mein Gott, was ich anrichte! Hat mein Leben denn noch einen Sinn! Hatte es je einen? Wird es je einen haben? Muß ich mir nicht endlich eingestehen, daß ich den Menschen ein widerlicher Greuel bin? Ein Schreckbild von einem Geschöpf, dessen einziger Trost eine gewisse Intelligenz auf dem Gebiet der pathetischen Selbstherabsetzung ist. Ist nicht Judith in Wahrheit die Heldin, weil sie es immerhin ein Jahr mit mir in einer gemeinsamen Wohnung ausgehalten hat? Ist nicht Bruno, von dem sie sich rücksichtslos besteigen läßt ...rücksichtslos, ist nicht er in Wahrheit die positive Figur in dem Drama?"

„Und Clausewitz lesen! Vom Kriege..."

„Aber Arthur, das *ist* ein Krieg. Der Krieg eines Gehörnten gegen seinen... seinen Hörner. In Wahrheit wäre ich gern eine Comic-Figur. Ein bunter kleiner Hase, dem man stundenlang Eisschränke auf den Kopf hauen kann."

„Ich weiß", sagte Arthur.

„Woher weißt du das?"

„Schau dir ein Horrorvideo an und lies nicht Clausewitz und hör nicht Lohengrin! Das ist doch lächerlich!"

„Ach, du meinst ich habe Clausewitz' Vom

Kriege gelesen, weil da vielleicht drinsteht, wie man den Liebhaber seiner Frau niedermacht... klassisch strategisch... *Du* machst dich lächerlich, Arthur... du! Hat ein Getretener nicht einmal mehr das Recht, lächerlich zu sein? Siehst du denn nicht, daß ich mich mit letzter Kraft an den letzten Zipfel meiner Seele klammere! Im übrigen steht da gar nichts Diesbezügliches drin, im Clausewitz. Ein ganz und gar unbrauchbares Buch... diesbezüglich. Obwohl ein Klassiker... Lohengrin als Soundtrack ist schon besser."

„Warum mach ich das, verdammt," fluchte Arthur vor sich her. „Ich gelte im allgemeinen als besonnen. Weißt du das? Ich bin ein besonnener Mensch, Günther! Ich habe einen guten Ruf, Mensch!"

„Du bist mein Adjutant, Arthur. Darauf solltest du stolz sein!"

„Ich denke, das soll eine Aussprache mit Bruno werden, eine Aussprache zwischen zwei vernünftigen, erwachsenen Männern... Menschenskind, das muß doch möglich sein. Du bist kein Kaninchen und kein Hase, Günther. Dazu bist du viel zu groß. Du könntest Goofy spielen..."

„Goofy ist ein Genie! Bring ihn nicht mit einem Stümper wie Clausewitz in Verbindung!"

„Günther... Günther, ich dachte, es wird ein Gespräch... zwischen Bruno und dir... kein Duell!"

„Kein Duell? Natürlich will ich ihn umbringen! Verbal jedenfalls... eine Schlacht... auf alle Fälle eine Schlacht... das auf alle Fälle. Und da braucht man Zeugen. Nicht daß hinterher behauptet wird, ich sei der Unterlegene gewesen. Wir sind eine Mediengesellschaft, das solltest du am besten wissen, Arthur!"

„Du weißt, daß ich das nur dir zuliebe mache", sagte Arthur, „aus Freundschaft. Das weißt du doch. Nicht aus Überzeugung. Aus Überzeugung weiß ich nicht einmal, auf welcher Seite..."

„Kein Mensch macht etwas aus Überzeugung", unterbrach ihn Günther. „Kein Mensch. Alles gelogen! Ich war der letzte Mensch, der etwas aus Überzeugung gemacht hat. Ich habe Judith aus Überzeugung geliebt. Ich habe sie geliebt mit einer Überzeugung, Menschenskind, das ist wie eine Schlinge um den Hals, so eine Überzeugung, Menschenskind! Ich habe sie niederüberzeugt... niedergeliebt... zugrundegeliebt Ich habe sie einem anderen in die Arme geliebt. In die haarigen Brunoarme hinüberüberzeugt habe ich Judith, meine Judith... Jetzt liebe ich sie aus purer Sturheit. Grad extra! Jetzt erst recht! Bringen wir's zu Ende, Arthur, bringen wir's zu Ende!"

„Ja, Günther, bringen wir es zu einem Ende..."

„Grinst du, Arthur?"

„Ich grinse nie."

„Wären wir Comic-Figuren, könnten wir sagen: Wir sind nicht schlecht, wir sind so gezeichnet... Wo waren wir stehengeblieben?"

„Du hast gesagt: Bringen wir es zu Ende. Und ich sagte, ja, Günther, bringen wir es zu einem Ende."

„Aber wie? Wie, Arthur? Wie sollen wir es zu Ende bringen? Überlaß doch nicht jeden Gedanken mir! Wie! Ich schwanke ja noch. Rein strategisch schwanke ich noch..."

„Rein strategisch schwankst du noch. So."

„...ob ich nicht einfach vor ihn hintreten... Tür auf, ich trete vor ihn hin... ob ich nicht einfach vor ihn hintreten und... heulen soll."

„Heulen. So."

„Jawohl! Heulen! Haha!"

„Du heulst doch schon die ganze Zeit. Was tust du denn anderes als heulen!"

„Wenn wir erst oben bei Bruno sind, dann werde ich dir zeigen, was ich unter Heulen verstehe, was richtiges Heulen ist, mein Lieber...."

„Bitte nicht!"

„Richtig heulen, aufrichtig, beinhart, unbarmherzig, mit Grauen in den Augen... wähhh, wähhh... Nicht lamentieren, nicht weinen... nein, richtig pe-ne-trant losplärren. Aber: aus Taktik, aus Strategie. Strategie und Taktik. Ich bin eine Art Mörder, durchaus eine Art Mörder bin ich."

„Ist mir klar. Taktik, Strategie. So. Wähhh... Da kommst du sicher unwahrscheinlich gut an."

„Meinst du?"

„Nein."

„Wieso nicht? Das gilt es erst durchzudenken..."

„Es ist nicht gut, wenn man dem Liebhaber seiner Frau den Hals anbietet... wie ein Hund."

„Nein?"

„Nein!!" sagte Arthur so laut, daß sich die Leute, die hinter den Büschen auf dem Gehsteig der Straße gingen, umdrehten und zur Seite drehten und nicht wußten, woher dieses laute Nein kam. „Der Mensch", fuhr Arthur leiser fort, „der Mensch, Günther, braucht doch so etwas wie ein... eine... Jetzt fehlt *mir* das Wort... eine... sag doch!"

„Erst brüllen und dann fehlen einem die Worte."

„Ich meine, der Mensch braucht..."

„...eine Gesinnung, meinst du, ich weiß schon."

„Eine Gesinnung, meinetwegen, ja, so etwas braucht er vielleicht auch. Ich dachte aber eher an..."

„Ich sehe, Arthur, du benötigst dringend eine Einführung in das Leben... von einem, den das Leben wundgerieben hat. Gesinnung! Meine Güte! Gesinnung hat man dort, wo's nicht draufankommt: Umweltschutz, Dritte Welt und so... Verstehst du..."

„Du harter Brocken, du!"

„Maulhelden der Demokratie, die haben eine Gesinnung. Ich doch nicht. Ich habe höchstens eine känguruhhafte Gesinnung: einmal da, einmal dort. Der moderne Mensch ist Opportunist, und zwar aus Widerstandsgeist heraus. Modernes Weinen, Arthur! Modernes Heulen! Nicht das klassische vor dem Hintergrund einer Gesinnung, dieses... dürerhafte Heulen. Nein! Hast du wirklich geglaubt, ich heule so einfach... so theorielos, so als hätte ich nie in meinem Leben einen Zeichentrickfilm gesehen, nie diese geliebten, bunten Bilder... O Gott, da ist das Bild schon wieder! Judith unter ihm, Judith über ihm... Judith in der Seitenlage... Judith auf den Knien, er hinter ihr... Judith im Stehen... O Gott, diese Ränke, diese Verrenkungen... Mein Gott! Gnade!"

Günther sagte nichts mehr. Er stand nur da, hatte seinen langen Oberkörper etwas vorgebeugt.

„Ist es vorbei?" fragte Arthur.

„Gleich", sagte Günther. Für einen Augenblick drang das Vogelgezwitscher des Frühlings in sein Bewußtsein.

„Ist es jetzt vorbei?" fragte Arthur.

„Jetzt ist es vorbei", sagte Günther.

„Gut“, sagte Arthur.

„Sein schlechtes Gewissen“, sagte Günter, als sie weitergingen, „sein schlechtes Gewissen... Man muß die Waffen des Gegners umdrehen. Auf daß er seine Waffen auf sich selbst richte. Ziel ist es, daß er sich selber bekämpft. Sein Immunsystem muß sich gegen ihn selbst richten. Wenn er sich unter Selbstvorwürfen windet, dann ist es ein leichtes für mich, verstehst du, meinen Gegenangriff zu starten... die Offensive... die Lanze... du weißt, was ich meine... du kennst mich, Lanzelot...“

„Wenn er sich unter Selbstvorwürfen windet... Aha... Ich hasse Wagner...“

„Das war eine Anspielung, nicht wahr?“

„Daß ich Wagner hasse?“

„Nein, das mit den Selbstvorwürfen. Daß sich Bruno unter Selbstvorwürfen windet.“

„Das hast du gesagt.“

„Aber ich habe es nur eindeutig gemeint. Du aber hast es zweideutig gemeint. Du meinst, daß er sich unter... daß er sich unter etwas anderem windet.“

„Ja.“

„Verletze mich nur, Arthur! Du haßt nicht nur Wagner. Ich geh meinen Weg... ein steiniger Weg, der Weg der Erpressung, verstehst du? Ich bin ein Künstler, ein Genie im Erzeugen eines schlechten Gewissens.“

„Bruno wird kein schlechtes Gewissen haben, sondern ein gutes. Er wird sich denken, ich habe dieser armen Frau etwas Gutes getan. Judith wird ihm dafür bis an ihr Lebensende dankbar sein!"

„Arthur!"

„Was ist denn jetzt?"

„Wunderbar! Ein ganz neuer Gedanke, Arthur. Genial! Darf ich dich zitieren, ganz ohne Hintergedanken, nicht wie du, ich zitiere nur: Judith wird ihm bis an sein Lebensende dankbar sein. Da läßt sich etwas daraus machen... Als mein letztes Mittel sozusagen... Die teuflische Rache einer versehentlich als Mensch geborenen Stinkbombe. Verstehst du? Ein wunderbarer Gedanke! Sie wird ihm bis an sein Lebensende dankbar sein. Was meinst du, was das für einen Haß erzeugt auf die Dauer. Immer dankbar sein müssen... Guten Morgen – mit Dankbarkeit. Heute gibt's Sauerbraten – mit Dankbarkeit. Was kommt im Fernsehn? – mit Dankbarkeit. Hast du die Kondome besorgt – mit Dankbarkeit... Bis an ihr Lebensende dankbar... Abgründe, Arthur... Arthur, du bist satanisch, ein schwarzes Genie, der Große Böse Wolf. Sag nichts! Genieße deinen Ruhm! Hör zu, ich halte deine Laudatio! Folgende Stationen: Judith dankbar. Die ersten drei Jahre vergehen. Erste Anzeichen von Haß machen sich bemerkbar. Sie müssen unterdrückt werden wegen des erwähnten Dankbarseinmüssens... Weitere drei Jahre vergehen. Der Haß wird unerträglich... Mordplan reift... kann aber nicht durchgeführt werden, wieder wegen des Dankbarseinmüssens... Das ist Wagner und Walt Disney in Symbiose, Arthur! Kurz: Judith begeht Selbstmord und straft damit Bruno... Bruno von nun an eine Beute der Erinnyen – da spielt das klassisch griechische Moment hinein: Wagner, Walt Disney, Aischylos... Also, weitere drei Jahre vergehen. Bruno ist inzwischen Alkoholiker, extrem nikotinabhängig, fettleibig, punschtörtchensüchtig, valiumsüchtig, onaniersüchtig und dabei impotent... begeht ebenfalls Selbstmord... und zwar vor dem Gasherd... Wird vom Hausmeister entdeckt... Hausmeister, stark geruchsinngeschädigt wegen Kettenrauchens als Folge jahrelanger Arbeitslosigkeit – es ist notwendig, auch die kleinen Nebenrollen plastisch zu gestalten – riecht das Gas nicht, sieht nur den Leblosen, zündet sich vor Schreck eine Zigarette an... das heißt, er will sich eine anzünden... Kadawummmm! Ausgelöscht für alle Zeiten die letzten Spuren dieser verfluchten Liebe. Was meinst du?“

„Wir haben uns ein schönes Stück die Füße vertreten.“

„Du hast recht. Ich finde Losheulen auch viel humaner. Ich bin ein Wrack, Arthur, ein Wrack...

Keine Experimente. Bleiben wir beim Klassischen."

Und da sah es aus, als würde der große Günther tatsächlich gleich zu heulen anfangen.

„He, Günther", sagte Arthur.

„Ich heule", sagte Günther.

„Dann tu das", sagte Arthur. „Drum gehen wir ja hier auf dem Weg und nicht draußen auf der Straße."

„Bis Bruno wahnsinnig wird, heule ich", sagte Günther. „Brachial. Ach, Judith..."

Sie blieben neben einer Bank stehen. Es kam ihnen nicht in den Sinn, sich zu setzen. Arthur wußte, jetzt würde Günther gleich von seiner Frau erzählen. Er sagte nichts und wartete.

„Jetzt einmal ganz ruhig, habe ich gesagt." So fing Günther an. „Wie ist er, habe ich gefragt. Ich kann doch nicht im Nebel tapsen. Der Mensch muß sich doch ein Bild von der Gefahr machen. Sag mir einfach, wie er ist. Wie er so ist. So im allgemeinen. Bitte, nichts Spezielles. Nicht ins Detail, bitte. Nur das nicht. Nur so allgemeine Richtlinien, damit man sich allgemein darauf einstellen kann. Und Judith hat also erzählt."

„Ich weiß, Günther."

„Mein Gott, Arthur..."

„Was hätte sie denn sagen sollen? Allgemein ist alles. Was wolltest du denn von ihr hören?

Bruno ist mein Liebhaber. Wolltest du das von ihr hören? Das wäre allgemein."

„Um Gotteswillen! Das wär mir schon zu speziell. Viel zu speziell. Ich will doch nicht von Judith hören, daß Bruno ihr Liebhaber ist."

„Hätte sie nur sagen sollen: Bruno ist ein Mann?"

„Das wär auch schon zu viel. Viel zu viel. Nein. Das könnte ich ja mißverstehen..."

„Günther, das haben wir doch alles schon durchgeredet."

„Eben, eben... Judith geht es genauso... wie dir, meine ich. Darum sagt sie nichts. Kein Wort sagt sie zu mir. Sie kommt am Abend, riecht nach seinem Rasierwasser und sagt nichts... Überhaupt sagt niemand etwas zu mir... Mein Gott, manchmal überfällt mich die Vision meiner eigenen Einsamkeit... Niemand spricht mehr mit mir, das stelle ich mir vor... nur ich selbst, ich selbst rede ununterbrochen mit mir selbst... Das geht Tag und Nacht, in der Nacht rede ich in den Träumen mit mir selbst. Ich gehe mir schon auf den Wecker, so rede ich mit mir selbst. Und rede so laut mit mir selbst, daß ich den Wecker am Morgen nicht höre... und verschlafe... wo ich doch bis fünf Uhr wachgelegen bin... Das ist doch eine Vision wie aus einer dieser modernen Apokalypsen..."

„Gehen wir wieder ein Stück", sagte Arthur.

„Sonst kommen wir zu spät, und das wäre nicht gut."

Sie gingen.

Bald war Arthur wieder einen Schritt vor Günther, und Günther sagte: „Warum gehst du eigentlich so schnell? Ich kenn dich nur als einen, der schnell geht."

Arthur ging langsamer, und Günther sagte: „Übrigens: Hättet ihr da Interesse? Ich arbeite zur Zeit an so etwas. Das heißt, ich wollte damit anfangen, gerade als Judith mit diesem Herrn Bruno Kinderverhüten zu spielen begonnen hat."

„Wovon redest du überhaupt?"

„Von moderner Apokalyptik. Wird zur Zeit bei uns im Verlag gewälzt, ob man so einen Sammelband herausgeben soll: Nostradamus mit Punkfrisur oder so. Oder mit Glatze. Ist noch nicht entschieden. Könnte man doch optimal verknüpfen mit einer Sendung bei euch, meine ich. Der Finkmeyer hat einen abseitigen Adornotest ausgegraben: sehr merkwürdig, sehr merkwürdig..."

„Na, geht's etwas besser, Günther?"

„Ja, ja... Ich finde übrigens, auch Adorno selbst würde sich hervorragend für eine Figur aus dem Umfeld von Lucky Luke eignen. Was meinst du?"

Darauf wollte Arthur nicht antworten. „Ich

glaube übrigens nicht, daß da noch einmal eine Sendung drin ist", sagte er.

„War nur so eine Idee, Arthur."

„Über die Apokalypse des Johannes haben wir nämlich gerade eine Stundensendung gemacht. Der Wagenknecht hat irres Material zusammengestellt."

„Des Johannes! Wenn du gesagt hättest: des Henoch oder des Petrus oder etwas anderes Apokryphes... Vielleicht gibt es eine Apokalypse von Carl Barks... Aber des Johannes..."

„War's eben des Johannes, mein Gott!"

„Hättest mir ja vorher ein Wort verraten können!"

„Woher hätte ich denn wissen sollen, daß du dich für Apokalypsen interessierst?"

„Wäre das nicht naheliegend? Ehrlich! Wer soll sich denn für Apokalypsen interessieren, wenn nicht ich! Aber ist schon in Ordnung, Arthur! Hätte der Wagenknecht sowieso nicht verwendet, mein Material, mein irres Material... Ich habe nämlich auch irres Material. Nicht nur der Herr Wagenknecht. Der Wagenknecht ist ja selber irr, total irr, ein völlig verlotterter Senior, wenn du mich fragst... und unreif."

„Ist auch nicht besonders gut angekommen, die Sendung. Einschaltquoten unter dem Bereich des Meßbaren."

„Aha. Wundert mich bei der des Johannes

überhaupt nicht. Private Apokalypsen, das wär's. Nicht dieser alte biblische, sentimentale Schrott. Aber: dazu ist die Zeit wohl noch nicht reif. Das wäre eine avantgardistische Sendung, das kann ich dir sagen! Eine Stunde lang meine Stimme, nur meine Stimme... eine einzige Heulerei... keine Worte... nur lautmalende, konkrete Heulerei... die sprachlose Heulerei des modernen Menschen. Mit einer kleinen schlauen Einführung von dir. Ja, Arthur, von dir! Du darfst auch mitmachen! Ist das nicht toll? Einführung und dann: Richtig heulen, nicht künstlerisch heulen... nein, nein, nein... richtig heulen... heulen zum Hörspieltarif... wähhhh, wähhhh, wähhhh. Ich darf das. Ich bin ein Getretener. Ich darf heulen. Weißt du, Arthur, warum ich in der Stadt lebe? Soll ich es dir sagen? Weil auf dem Land die Kinder hinter mir herzeigen würden. Weißt du, wir haben die Anzahl der Dinge, die als sonderbar gelten, verkleinert... Ja. Was wollte ich sagen? Als ich Judith zum letzten Mal sah, war sie von einer geradezu phosphoreszierenden Blässe... so schön."

„Ich weiß", sagte Arthur. „Ich weiß, Günther."

„Ich werde heulen. Wie eine Sirene. Psychologische Kriegführung. In den schrillsten Tönen. Ich werde heulen, bis dieser Mann Bruno wahnsinnig wird."

„Du meinst es ernst", stellte Arthur fest.

„Absolut ernst", sagte Günther.

„Ich glaube es fast."

„Glaube es fest, mein Freund!"

„Also kurz: Dann bin ich nicht mit dabei."

„Natürlich bist du mit dabei. Du bist so eine Art Kriegsberichterstatter. Du bist der Thukydides des heutigen Tages. Das ist nicht unehrenhaft, Arthur!"

„Weißt du was, ich bleibe hier. Ich bin ja nicht verrückt! Hier unten bleib ich. Ich setze mich auf eine Bank hier im Park und warte auf dich. Aber ich gehe nicht mit."

„Vorläufig rennst du noch wie verrückt. Du sollst langsamer gehen! Warum gehst du eigentlich immer so schnell? Ich kenn dich nur als einen, der schnell geht. Das ist doch blöd, wenn ich immer einen halben Meter hinter dir her bin..."

„Also Günther, hör zu... Sei mir nicht böse... ich will wirklich nicht... Jetzt nicht mehr."

„Verschnaufen wir einen Augenblick, ja..."

„Du verstehst mich nicht. Wie immer verstehst du nichts."

„Was soll ich denn verstehen?"

„Himmel!"

„Ich will ja alles verstehen, verstehst du? Ich habe immer alles verstehen wollen. Man schaut mich an und sagt etwas, und ich will es verstehen... Woran, meinst du, kann es liegen, daß ich es dann doch oft nicht so verstehe, wie derjenige will, daß ich es verstehe... Ich meine, das ist doch interessant... ein scheinbar völlig alltägliches Kommunikationsproblem, in Wahrheit aber ein metaphysisches Problem. Glaubst du, ich kann das den Idioten bei uns im Verlag klarmachen? Es gibt doch bei euch in der Redaktion so eine Sendereihe: Psychologie des Alltags oder so... wo die Gestörten anrufen. Ich habe mir diese Sendung eine Zeitlang immer angehört. Was ich da gelacht habe! Hättest mich hinterher einliefern können... Gibt es diese Sendung jetzt nicht mehr? Warum denn nicht? Jetzt hätte ich auch einmal etwas zu fragen... Was wollte ich sagen... Nein, du wolltest etwas sagen."

„Ich wollte sagen, Günther..."

„...daß du... daß du... Daß du was?"

„Still! Ich bin dran. Meine Redezeit!"

„Okay, Arthur. Deine Redezeit."

„Hörst du zu?"

„Ich höre zu. Ich bin einer der besten Zuhörer. Das könntest du denjenigen in eurer Redaktion sagen, die diese wunderbare Sendung abgeschafft haben, die mir damit etwas weggenommen haben... Du kannst ihnen sagen, du hättest einen Zuhörer getroffen, der sich jetzt beschwert, daß diese Sendung... Arthur, ich will nicht mehr länger durch den Park gehen! Ich halte das nicht mehr aus! Diese Illusion des Ländlichen hier! Ich hasse das Land! Ich hasse im besonderen den Bauernstand... War da der Wagenknecht dahinter, daß man diese Sendung abgeschafft hat? Ach, weißt du, da wird einmal etwas Heiteres gesendet und dann..."

Da blieb Arthur stehen, wartete, bis Günther neben ihm war, und sagte in sein Gesicht hinauf: „Leck mich am Arsch!"

„Was... Wieso... Wieso soll ich dich jetzt auf einmal am Arsch lecken", sagte Günther.

„Ich... ich... Günther, ich gehe jetzt... Ich mache... Was mache ich... Was ich mache, ist völlig egal. Nur eines mache ich nicht... Willst du raten, was ich auf alle Fälle nicht mache?"

„Du willst nicht auf die Straße gehen?"

„Nein. Das heißt, von mir aus können wir ruhig auf die Straße gehen... Also gehen wir erst auf die Straße."

Sie drückten sich durch die Sträucher hindurch und standen auf dem Gehsteig.

„Gehen wir lieber auf die andere Straßenseite", sagte Günther. „Wo die Schaufenster sind. Das hat dich doch immer so angeregt, Arthur, nicht wahr?"

Schaufenster hatten ihn nie angeregt. Das hatte sich Günther aus den Fingern gesogen. Aber Arthur sagte nichts und wechselte die Straßenseite.

„Wir sind jetzt viel zu nervös", sagte Günther. „Du solltest jetzt nicht darüber nachdenken, was du nicht machen wirst, wir sollten darüber nachdenken, was du machen wirst. Was deine Funktion in meiner Angelegenheit ist. Ich meine, es könnte ja sein... beispielsweise, daß ich in Gegenwart jenes Mannes, der zur Zeit auf meiner Frau herumturnt, ohnmächtig werde... Verstehst du?"

„Günther, dir hängt's aus!" sagte Arthur ruhig. „Ich mach mir Sorgen. Das ist die Wahrheit."

„Siehst du, das haben wir zum Beispiel nicht durchgesprochen", sagte Günther „Was, wenn ich ohnmächtig werde? Haben wir diesbezüglich einen Plan entwickelt? Nein. Siehst du. Eventualitäten, Arthur! Da liegt kein Plan vor, nichts, rein gar nichts! Da mangelt's gehörig an den Vorbereitungen! Ich bin früher oft ohnmächtig geworden... in der Turnstunde... Hyperventilation... und, knall, lag ich auf der Matte..."

„Ich werde", sagte Arthur, „auf gar keinen Fall mit dir die drei Stockwerke hinauf gehen in Brunos Wohnung und mir dort oben vor diesem Herrn Bruno, der mir, obwohl ich ihn erst einmal und da nur kurz gesehen habe, durchaus sympathisch war, deine Strategie und Taktik anhören. So. Hast du das verstanden? Hast du das verstanden?"

„Die Leute drehen sich um, Arthur. Nicht so laut!"

„Ob du das verstanden hast?“

„Ich habe es verstanden.“

„Also...“

„Das heißt, du gehst nicht mit mir zu Bruno.“

„Das heißt das.“

„Aha... Was soll das heißen? Du kannst mich doch nicht allein lassen...“

„Doch ich kann...“

„Du hast mir versprochen...“

„Ich habe nichts versprochen.“

„Gut, nicht direkt versprochen. Es war mehr eine Zusage. Aber eine klare, deutliche Zusage.“

„Ich habe lediglich gesagt...“

„Ich meine, es liegt nichts Schriftliches vor oder so... kein Vertrag... kein Beistandsvertrag... aber du hast immerhin...“

„Ich will nicht! Ganz einfach!“

„Du willst nicht. So.“

„Ganz einfach.“

„Ganz einfach“, wiederholte Günther.

„Ganz einfach, ja. Er schläft mit deiner Frau. Aber es geht mich nichts an!“

„Es geht ihn nichts an. Er sagt, es geht ihn nichts an. Gemerkt. Du bist pervers! Darüber mußt du dir im klaren sein. Ja, ist schon gespeichert... Es – geht – ihn – nichts – an... Arthur, Mensch, das macht mich fertig, was du da sagst. Aber ich verstehe es natürlich... Aber, damit du es weißt: Ich ignoriere es. Ich habe keine andere Wahl, als das jetzt zu ignorieren. Also: auf geht's, Freund, wir kommen zu spät, ich möchte nicht bei ihm eintreffen, wenn Judith schon dort ist. Ich möchte anwesend sein, wenn sie zur Tür hereinkommt. Wie ein düsterer Bote, verstehst du?"

„Wie ein düsterer Bote... Also dann, Günther, was ich gesagt habe, habe ich gesagt. Ich werde jetzt in die andere Richtung gehen."

„Schau dir das an", sagte Günther plötzlich und zeigte auf ein Schaufenster. „Ein Laden nur für Kopfschmuck!"

Arthur nahm keine Notiz davon. „Also, was willst du", sagte er. „Soll ich gehen oder soll ich hier unten auf dich warten? In einem Café... oder im Park... wo du willst."

„Indianerfedern... Kann das sein? Nein, das kann nicht sein. Der Fasching ist doch schon lang vorbei. Ich meine, daß die das ganze Jahr über Faschingsware... das kann doch nicht sein. Schau dir das an, Arthur! Nein, das kann nicht sein, das hätte man doch irgendwo gelesen."

„Das ist ein Juwelier, siehst du das denn nicht... Lenk nicht vom Wesentlichen ab..."

„Das Wesentliche? Du willst mit mir über das Wesentliche sprechen? Na gut. Frage Nummer eins: Wer lenkt hier vom Wesentlichen ab! Wenn das ein Juwelier ist, dann lenkt doch er vom Wesentlichen ab und nicht ich. Wo siehst du da eine einzige Juwele? In einer einfachen Dorfmetzgerei, wo sicherlich nie eine Juwele im Schaufenster lag, weist mehr auf die Anwesenheit von Juwelen hin als hier...“

„Günther!“

„Immerhin verdienen Metzger so viel, daß sie ihren Frauen Juwelen kaufen könnten. Und hier: Kopfschmuck... Bibermütze... Fransenhemd... jetzt im Mai... Indianerfedern...“

„Es ist nichts weiter als Schaufensterdekoration!“

„Ja, aber entschuldige! Was ist das Wesentliche bei einem Juwelier... weil du schon vom Wesentlichen angefangen hast... Ich würde ganz naiv sagen: Das Wesentliche in einem Juweliergeschäft sind die Juwelen. Was ist falsch an meiner Aussage?“

„Günther...“

„Was würde der gute Mann denn für eine Ausrede gebrauchen, wenn ich jetzt seinen Laden beträte... jetzt ist es zu spät, ich meine, morgen... wenn ich morgen seinen Laden beträte und sagte, ich möchte gern diesen Indianerfummelputz im Schaufenster käuflich erwerben...“

„Günther!“

„Was sagst du denn dauernd meinen Namen? Gut, ist das eben eine Dekoration! Meinetwegen! Aber das wirft doch eine weitere Frage auf: Die

Indianer, ein getretenes Volk... erniedrigt... und jetzt... hier... in dieser Wildnis von Dekadenz... müssen sie herhalten als Dekoration... Du brauchst nicht wieder meinen Namen zu rufen! Ich weiß doch, wie ich heiße. Verstehst du denn nicht, daß meine Verzweiflung niedergekämpft werden muß? Stell dir den kleinsten See der Welt vor, unter dem sich das größte Loch der Welt auftut... ungefähr so... ungefähr so... oder wenn ein Wurm, der zufällig vor ein Nashorn geraten ist... Ach was! Und dann springen mich immer solche blöden Vergleiche an! Der kleinste See, das größte Loch... Ich bin das größte Arschloch... Stimm jetzt bitte nicht zu, Arthur! Sag jetzt nichts... bitte, sag jetzt nichts..."

„Doch, ich sage jetzt etwas!"

„Untersteh dich! Was willst du sagen?"

„Wir müssen es anders angehen, Günther... Ich habe versagt. Halts Maul! Ich habe als dein Freund versagt. Seit vier Tagen bist du bei mir. Du bist gekommen, um bei mir Trost zu suchen..."

„...ein Bett zu suchen."

„Ja, auch ein Bett. Und hast nichts gefunden..."

„Ein Bett habe ich gefunden."

„Aber keinen Trost."

„Ich will keinen Trost. Sag mir, wie ich's den beiden heimzahlen kann! Alles andere ist mir piepegal! Wenn du eine Methode weißt, wie man es ferngesteuert anstellen kann, daß ihm der Stengel abbricht, dann heraus damit! Du glaubst doch nicht, daß es mir mit dem Gejammer ernst ist! Ha, ha, ha, sag ich da nur. Ich weiß nicht, was für ein Bild du von mir hast... aber sei mir nicht böse, ich nehme doch an, daß es ein falsches Bild ist. Ich bin im Grunde ein ziemlich gefühlloser Kamerad."

„Ja, klar."

„Was hat ein gefühlloser Mensch für eine Chance, wenn er in der allgemeinen Seelensuppe schwimmen muß? Er gibt sich als Nichtschwimmer aus... das heißt als Hanswurst... König Lear! Weißt du nicht, daß in König Lear der Klügste von allen der Narr ist? Das ist meine Masche! Also, um es kurz zu machen: Trost brauche ich keinen. Ich will Rache."

Da sagte Arthur: „Ich hab dich sehr lieb, Günther."

Und Günther sagte: „Spinnst du?"

Und Arthur: „Ja."

Und Günther: „Aha." Und erst nach einer Weile sagte er: „Na gut. Muß man wissen... Gut zu wissen... Himmel, Arthur, das tut einem gut! Das finde ich unheimlich mutig von dir. Ehrlich. Diese schönen Worte... diese einfachen, schönen Worte... Jetzt könnte ich wirklich heulen... Jetzt hat der mich herumgekriegt! Das schaut euch an!

Soll ich jemanden ansprechen? Hier auf der offenen Straße?“

Und dann rief er zu den Giebeln der Häuser hinauf: „He! Ihr! Kommt her, Leute, ich muß euch eine Geschichte erzählen! Es war einmal einer mit Hörnern, der hatte einen Freund...“

„Halt doch den Mund, Mensch!“ fuhr ihn Arthur an.

„Das muß man doch der Menschheit mitteilen!“ jubilierte Günther. Aber dann fühlte er sich noch elender als zuvor. „Muß man eigentlich nicht“, sagte er. „Hast recht... Was jetzt? Soll ich jetzt heulen oder nicht? Private Apokalypse? Avantgardistisches Programm?“

„Vielleicht solltest du einfach nur einen Augenblick lang tief einatmen und zehnmal zu dir selbst sagen: Ich bin ein...“

Günther unterbrach ihn: „Wir sind übrigens da... Dort vorne... Er ist zu Hause... Das Licht brennt... Kurzes Heulprogramm vor der Hauptspeise... dann der Galgen... Arthur! Arthur...“

„Dreh jetzt nicht durch, Günther!“

„Was bin ich, Arthur? Du hast gesagt, ich soll mir selber sagen: Ich bin ein... Was für ein... bin ich?“

„Such's dir aus...“

„Ich bin so weit, daß es mir egal ist, was für ein ich bin. Ich finde, jemand sollte das Judith mitteilen, was sie aus mir gemacht hat: einen

Hydranten. Dem ist vermutlich auch ganz egal, was für ein er ist... Du kannst das Fenster sehen, Kamerad: das erste neben dem Kran, Kamerad, wo Licht brennt. Das ist seine Küche. Das Schlafzimmer... verflucht sei es und voller Flöhe, wie ich hoffe... das ist hinten hinaus, zum Hof... Also ciao, Arthur, mach's gut. Das muß ich allein abbeißen. Warst ein guter Freund... ich bestehe auf dieser Formulierung... Du hast nicht zufällig einen Revolver bei dir? Ich könnte rasch zu dem Kinderspielplatz da vorne gehen und mir eine Kugel in den Kopf schießen. Das würde kaum auffallen, dort findet man fast jede Woche einen toten Fixer. Man unterschiedet beim zuständigen Revier nicht mehr zwischen Einstich- und Einschußlöchern..."

Da holte Arthur aus und schlug seinem Freund mitten auf der Straße die flache Hand ins Gesicht.

„So", sagte er. „Ich kann nicht einmal sagen, daß mir die Hand ausgerutscht ist."

„Danke", sagte Günther.

Und Arthur fragte nach einer Weile: „Bist du sicher, daß du verheiratet sein willst, Günther, bist du wirklich sicher?"

„Was?"

„Ich bin ja auch nicht verheiratet. Man muß ja nicht."

„Er fragt, ob ich sicher bin, daß ich verheiratet sein will! Na, hör mal! Meine katholische Großmutter hat ihre Seligkeit aufs Spiel gesetzt, als sie meinen protestantischen Großvater geheiratet hat. Glaubst du wirklich, da bleibt einem Enkel noch eine Wahl?“

„Die Ohrfeige... Man muß manchmal etwas brachial vorgehen, Günther. Das verstehst du doch...“

„Ist doch klar, Arthur. Habe ich doch alles schon in eurer Sendung gehört. Das ist eure Art der Alltagspsychologie....“

„Komm, wir setzen uns in das Café dort vorne. Ich lade dich auf einen Espresso ein. Kein Wort mehr von Bruno und deiner Frau... Okay?“

„Okay. Ich bin wie ein Schaf: Ich tu, was der Hirte sagt.“

Sie betraten das Café und setzten sich hinten in die Ecke neben der Garderobe.

„Es wird so dunkel...“, sagte Günther, nachdem sie Schnaps und Espresso bestellt hatten. „Es wird so dunkel. So hätte ich meine Sendung über die persönliche Apokalypse enden lassen... Es wird so dunkel... Dann Pause... und dann das Pausenzeichen... Und dann Weltnachrichten...“

„Großartig, Günther. Das wird ein Hit.“

„Oder ich steig gleich ins Rezitatorengeschäft ein, was meinst du? Ich kann Sachen vorlesen, da kommen einem die Tränen. Im Radio kann ich leben, weißt du. Man hört mich nur und sieht mich nicht. Wie ist meine Stimme?"

„Ich glaube, meine ist besser."

„Du bist ein Mensch des Fernsehns, Arthur. Wenn man deine Stimme hört und dich dabei nicht sieht, dann... sei mir nicht böse. Bei mir ist es umgekehrt. Ich habe einmal einer Dame am Telephon dieses Brechtgedicht vorgelesen: *Ob sie wollen oder nicht – sie sind bereit. / Das ist die sexuelle Hörigkeit...* Ist völlig darauf abgefahren, die Dame am Telephon. Wenn ich nur wüßte, was sie für eine Nummer hatte. War so ein Zufallstelephonat, habe einfach eine Nummer angerufen, wollte zuerst ein paar kleine Schweinereien sagen, dann habe ich mich aber in letzter Sekunde meiner Bildung besonnen."

„Ich will dir etwas erzählen, Günther", sagte Arthur. „Ich habe vor etlichen Jahren mit einer Frau zusammengelebt. Und eines Nachts ist die Frau nicht nach Hause gekommen. Sie kam erst am nächsten Mittag. Sie hat kein Wort gesagt, und ich habe nicht gefragt. Sie hat sich unter die Dusche gestellt. Und als sie aus der Dusche herauskam, ist ihr das Handtuch über die Schulter gerutscht, und ich habe gesehen, daß ihr Rücken zerkratzt war. Sie hat immer noch nichts gesagt, und ich habe immer noch nichts gefragt. Ich habe meinen Koffer gepackt und bin ausgezogen. Ich habe sie seither nicht wiedergesehen. Nicht geschrieben habe ich ihr. Nicht telephoniert habe ich mit ihr."

Günther starrte seinen Freund an. „Alles schweigend? Kein Wort?"

„Kein Wort. Es war alles klar."

„Du erzählst mir diese Geschichte, weil du irgendwelche Parallelen... zwischen dieser Frau und dir auf der einen Seite... und mir und Judith auf der anderen Seite..."

„Du fragst nach den Parallelen?"

„Du hast diese Frau nicht geliebt..."

„Oh doch."

„Du? Du bist doch viel zu sehr dein eigenes Eigentum!"

„Ich habe eins und eins zusammengezählt und akzeptiert, daß zwei herauskommt. Das ist alles."

„Die arme Frau. Erst zerschunden, dann auch noch verlassen", sagte Günther.

„Ihr Rücken war zerkratzt, ja. Aber zerschunden war er nicht", sagte Arthur.

„Du meinst... ich verstehe... Kratzer der Liebe, Narben der Leidenschaft... Und wenn sie beispielsweise ein Hund angefallen hat... Nein? Nein, sehr unwahrscheinlich, gebe ich zu. Ihre Bluse war ja wahrscheinlich nicht zerrissen. Und Hunde nehmen im allgemeinen auf Blusen ja keine Rücksicht... Und wo sind die

Parallelen? Vielleicht hast du recht: Ich habe Judiths Rücken schon lange nicht mehr gesehen. Meinst du... Bruno? Daß er ihr... Das hast du doch nicht ernst gemeint, daß er dir sympathisch ist? Ich finde, er hat Schweinsaugen, eindeutig Schweinsaugen..."

„Jetzt langsam, Günther!"

„Wir dürfen keine Zeit mehr verlieren! Wir müssen ihm die Bude einrennen, bevor er ihr die Haut vom Körper reißt..."

„Und wenn sie das will?"

„Meine Judith? Wir wollten doch von meinem Lektorat sprechen... oder von deiner Redaktion. Arthur, du machst mich fertig, weißt du das? Warum bringt denn die Kellnerin die Zitrone nicht!"

„Jetzt versuche einmal ganz ruhig zu sein, Günther."

„Folgt jetzt etwas? Ich spüre es. Jetzt holt er mit dem großen Hammer aus..."

„Ich bin ein schlechter Stratege... ein miserabler Taktiker... ein Nullpsychologe..."

„Was heißt denn das? Hast du eure Sendereihe nicht gehört?"

Und ganz ruhig sagte Arthur: „Ich habe Judith gestern in der Stadt getroffen, Günther."

„Hast du."

„Nicht zufällig."

„Mhm."

„Daß ich dein Freund bin, weißt du."

„Jaja... mhm..."

„Sie hat mich im Büro angerufen und mich gebeten, mit ihr... Und dann haben wir uns... in einem Café getroffen eben."

„Aha. Warum nicht... in einem Café. Habt ihr über mich... ich meine, war ich ein Thema in eurem Gespräch, ein Nebenthema vielleicht... Ihr habt doch miteinander geredet?"

„Natürlich haben wir nur über dich gesprochen."

„Ah ja... Doch. Dacht ich mir... Und sie hat... Was hat sie?"

„Wegen deiner Anrufe... bei Bruno... zum Beispiel... unter anderem..."

„Anrufe? Was für Anrufe denn?"

„Du rufst an und legst auf."

„Ich ruf an und lege auf? Woher weiß sie denn, daß ich anrufe, wenn ich gleich wieder auflege?"

„Aber das machst du doch."

„Ja schon... aber woher weiß sie es denn... man hört doch nicht am Klingelton, wer anruft."

„Das ist auch gar nicht so wichtig. Die Anrufe sind nicht wichtig. Sie will nur, daß du damit aufhörst."

„Und darum schleppt sie dich in ein Café, um dir das zu sagen? Sie weiß doch, wie beschäftigt du bist... wie es bei euch in der Redaktion zugeht, drunter und drüber... Ich meine, sie könnte ja im Verlag anrufen, bei mir... und mir selber sagen, daß ich nicht mehr anrufen und auflegen soll. Das ist so eine hinterlistige Tour! Das meine ich, Arthur, das ist sein Einfluß... der Einfluß eines Schweinsäugigen."

„Sie hat mich gebeten, mit dir zu reden... wegen einer Scheidung..."

Nun sagte Günther lange Zeit nichts. Und auch Arthur schwieg.

Dann sagte Günther: „Da bestellt man einen Espresso mit Zitrone wie in Italien üblich, und dann wartet man... als ein Gast... hier... Also gut, sag ihr, ich bin einverstanden."

„Das meinst du doch nicht im Ernst."

„Sag ihr, ich bin einverstanden. Sie kann die Wohnung behalten und die Einrichtung und die Bücher... außer die Ausgabe von Mark Twain, die habe ich mir binden lassen... Ich hänge so sehr an Mark Twain. Ich werde jetzt wieder viel Zeit haben... und den Tom Sawyer zum vierzehnten Mal lesen... Bin schon gespannt, was ich da Neues darin entdecken werde... Das hat ein Intellektueller einem Berufsschullehrer voraus: den Trost, den ihm die Bücher spenden. Bruno ist Berufsschullehrer. Was wird er tun, wenn ihn Judith verläßt? Mein Gott, man wird sich um ihn kümmern müssen. Armer Bruno, armer Bruno."

Nun grinste Arthur, und es sah schäbig aus. Aber es schien ihm notwendig zu grinsen. „Edel, wie du reagierst“, sagte er dazu. „Aber ich weiß, daß das alles Theater ist.“

„Und das Theater! Ich werde viel ins Theater gehen... Ein Berufsschullehrer kennt nur Fernsehn und Illustrierten anglotzen und die Seiten mit dem Daumen feucht machen beim Umblättern... armer Bruno, armer Bruno...“

„Na gut. Dann ist ja alles in Ordnung.“

„Alles in Ordnung, Arthur.“

„Und du bist auch nicht böse auf mich? Weil ich sozusagen der Überbringer der Botschaft... der Berichterstatter in gewissem Sinne...“

„Auf dich böse? Arthur! Du altes Haus! Ich böse? Ich bin gestorben! Tote sind nicht böse. Ich bin tot.“

„Dann ist es ja gut. Keine Rache? Kein Heimzahlen?“

„Ich werde in den Himmel aufgenommen, verstehst du? Natürlich werde ich dort oben schauen, was sich machen läßt... ob sich der Liebe Gott überreden läßt, einen Blitz zu schicken... mitten hinein in die beiden. Bruno nackt auf Judith... der Blitz mitten in seinen Hintern... Fleisch ist ein guter Leiter. Aber ich will da keine Vorschläge machen. Das liegt ganz in der Hand des Lieben Gottes. Sein ist die Rache. Er ist der große Heimzahler.“

„Gut. Dann ruf ich sie jetzt an. Vielleicht kommt sie gleich runter. Sie ist nämlich oben bei Bruno und wartet auf meinen Anruf... Ach ja, das habe ich vergessen, dir zu sagen: Ich habe das mit ihr abgesprochen, das alles heute abend. Sie hat mich gebeten, dich vorzubereiten... eben. Dann könnt ihr ja in Ruhe alles miteinander besprechen."

„Ja."

„Ja, dann..."

Arthur wollte aufstehen.

Aber Günther hielt ihn zurück: „Einen Augenblick noch!"

„Ja?"

„Wenn du zufällig die Kellnerin siehst... wegen der Zitrone. Sie soll mir..."

„Klar. Du willst die Zitrone. Auch ohne Espresso. Versteh ich dich richtig? Ich frage nur, weil du... den Espresso... ja schon ausgetrunken hast..."

„Nein, nein. Du hast mich schon verstanden, Arthur. Auf alle Fälle die Zitrone."

„Auf alle Fälle die Zitrone. Also dann... dann ruf ich sie an..."

„Ja. Da fällt mir ein..." Und er hielt ihn wieder zurück.

„Ja?"

„Wegen der Zitrone... Vielleicht doch besser noch einen Espresso..."

„Noch einen Espresso, gut."

„Wär ja blöd, auf der Zitrone zu beharren. Zitrone ohne Espresso... Also noch einen Espresso und eine Zitrone."

„Espresso und Zitrone... gut."

„Und Arthur..."

„Ja?"

„Nimm du dir ruhig auch noch einen Espresso. Den bezahl dann ich."

„Ja, schon gut."

„Und... Arturo..."

„Also, was soll ich jetzt? Soll ich sie anrufen oder nicht?"

„Fräulein, bringen Sie doch bitte noch einmal zwei Espresso! Setz dich doch, Arturo! Ich wollte ohnehin mit dir über ein Manuskript sprechen. Ich habe ziemlich große Hoffnungen in einen gewissen Autor... und da sollte man etwas tun. Ihr habt doch diese Serie Roman in Fortsetzungen. Ich meine nicht, daß man das ganze Manuskript im Rundfunk vorlesen sollte... aber einige Kapitel..."

„Ich schlage vor, Günther, darüber reden wir heute nacht, bei mir zu Hause, bei leise gedrehtem Lohengrin... Also dann hol ich jetzt..."

„Okay, Arturo. Ist es dir recht, wenn ich dich Arturo nenne?"

„Darüber reden wir auch heute nacht..."

„Und Arthur..."

„Was denn noch!"

„Sag doch den beiden dort am Fenster, sie sollen nicht so aufdringlich zu uns herüberschauen! Wie die aussehen..."

„Warum winkst du ihnen denn?"

„Findest du nicht, daß die beiden aussehen wie im Witz?"

Arthur versuchte, nicht zu lachen. Aber er konnte sein Grinsen nicht unterdrücken. Denn die beiden Männer vorne beim Fenster, die sahen wirklich wie im Witz aus.

Die vier Männer lachten, und sicher wären die einen beim Fenster oder die anderen bei der Garderobe gleich aufgestanden und hinüber gegangen zu dem anderen Tisch. Aber da sahen sie, daß es der Frau zwischen ihnen nicht gut ging. Sie wurde nämlich so weiß wie ihr Kuchen. Sie verschränkte die Arme auf dem Tisch und ließ den Kopf darauf fallen.

Darum wandten die Männer ihre Blicke voneinander ab. Denn die Frau saß genau im Weg dieser Blicke.

Ich glaube, die beim Fenster gingen als erste. Dann ging die Frau, und am Schluß die beiden Männer im Eck bei der Garderobe. Oder ging die Frau zuerst? Nein, ich glaube sogar, sie ging als letzte. Vielleicht verließ sie gleichzeitig mit mir das Café. Ich weiß es nicht. Es ist nicht so wichtig. Mich haben sie nicht bemerkt, weder die Frau, noch einer der Männer. Ich habe mich auch bald auf den Weg gemacht...